키요타카와 아오이 by 예원

키요타카 by 상하이루

교토탐정 홈즈 13

모치즈키 마이

차례

야가시라 키요타카

유례없는 감정안과 관찰안 때문에 '홈즈'라고 불리고 있다. 현재는 골동품점 쿠라를 계승하기 전에 바깥세상을 경험해보라는 지시를 받고 수행 중인 몸이다.

마시로 아오이

교토 부립 대학 2학년. 사이타마현 오미야시에서 교토시로 이사와 골동품점 쿠라에서 아르바이트를 시작했다. 키요타카의 지도 아래 감정사로서 소질을 키우고 있다.

야가시라 세이지(오너)

키요타카의 할아버지. 국선 감정인이자 쿠라의 오너.

타키야마 요시에

리큐의 엄마이자 오너의 연인. 미술 관련 회사를 경영하고 일급 건축사 자격도 가진 커리어우먼.

야가시라 타케시(점장)

키요타카의 아버지. 인기 시대소설 작가.

카지와라 아키히토
현재 인기 상승 중인 젊은 배우. 수려한 외모에 익살스러운 면도 있다.

엔쇼
본명 스가와라 신야. 전직 위작자로 키요타카의 숙적이었지만, 우여곡절을 거쳐 지금은 고명한 감정사 밑에서 감정사 수행 중이다.

타키야마 리큐
키요타카의 동생뻘. 키요타카에게 지나치게 심취한 나머지 아오이를 싫어한 적도 있었는데……?

상하이

베이징둥루

와이탄 관광터널
출입구

거몬트 피스
텔 상하이

쓰촨중루

이 푸동 발전은행

와이탄

월도프 아스토리아
상하이 온 더 번드

중산둥이루

쩐링둥루

상하이탄상사

런민루

리수이루

푸유루

훙난난루

르네상스 예원
침향각

예원상성

상하이라오제

광치루

궤도교통 10호선(지하철 10호선)

예원역

예원

구쿡교

상하이 대자연야생곤충관

상하이 국제회의센터

와이탄 관광터널

옌안둥루 터널

황푸 강

황푸 강

고성공원

동먼루

중화루

푸싱둥루

궤도교통 2호선(지하철 2호선)

상하이 해양수족관

동방명주 전시탑

와이탄 관광
터널 출입구

푸동

루자주이시루

정다광장

반장공원

푸동 샹그릴라 상하이

런민루 터널

황푸 강

루자주이역

스지다다오

리츠칼튼호텔
상하이 푸동

잉춘루

황푸둥루

0   400m

N

Introduction

1

"오랜만이에요, 아오이 씨."

갑자기 골동품점 '쿠라'에 나타난 지우 이린을 앞에 두고 마시로 아오이는 "아, 네." 하고 어색하게 웃으며 마주 인사했다.

눈앞에 있는 것은 세계적 부호로 유명한 지우 지페이의 딸이자 규슈의 호화 침대 열차, '일곱 개의 별'에서 키쿠카와 시로(옛성 아마미야)와 함께 있었던 여성이다.

"갑자기 찾아와서 미안해요. 테라마치 산조의 홈즈 씨는 있나요?"

"홈즈 씨에게 용무가 있으신가요?"

"네, 실은 그에게 일을 부탁하고 싶어서 찾아왔어요."

그녀는 예전과 마찬가지로 유창한 일본어로 말하고 그 큰 눈을 가늘게 떴다.

"······일이요?"

야가시라 키요타카는 지우 이린이 찾아오기 조금 전 코마츠 카츠야의 호출을 받고 엔쇼와 함께 사무소로 향했다.

그녀의 방문과 함께 여러 사건이 움직이기 시작하는데, 이야기는 일단 코마츠 탐정 사무소로 이동한다.

* * *

코마츠 탐정 사무소는 타카세강 기슭의 운치 있는 작은 길…… 키야마치 시조 남쪽에 있다. 길을 따라 줄지어 늘어선, 아래층에 상가가 딸린 목조 가옥 마치야(町屋)의 대부분은 음식점. 그 안에 있는 '코마츠 탐정 사무소'라는 이색적인 간판은 위화감은 있지만 경관을 해치지는 않았다.

간판은 나무이고 건물은 마치야 구조. 하지만 내부는 외관과 달리 서양식으로 리모델링되어 있다. 1층인 사무소 겸 상담실의 바닥은 밝은 나뭇결이 들어간 마룻바닥. 중앙에 검은 소파 세트가 있고, 그곳을 둘러싸듯이 책상 세 개가 있다.

참고로 소파는 가죽……이라 말하고 싶지만 인조 가죽이다.

지금 이 탐정 사무소의 소장인 코마츠가 앉아 있는 그 소파의 맞은편에 전통 의상을 입은 기품 있는 아름다운 여성이 앉아 있다.

그녀의 이름은 타도코로 아츠코. 나이는 50대 초반. '하나츠무기'라는 화도 교실 겸 합법적인 비밀 클럽을 경영하고 있다.

얼마 전 한 사건에서 알게 된 그녀는 키요타카 덕분에 돌아가신 아버지가 블루 다이아몬드라는 보물을 그녀 앞으로 남기신 사실을 알게 되었다.

그녀가 찾아왔기 때문에 코마츠는 골동품점 쿠라에 가 있던 야가시라 키요타카와 엔쇼(본명은 스가와라 신야)를 불렀다.

"아, 아츠코 씨. 잘 지내시는 것 같네요."

사무소로 돌아온 키요타카는 아츠코를 앞에 두고 싱긋 웃었다. 엔쇼는 그녀에게 가볍게 인사했다.

"두 사람 다 그때는 정말 고마웠어."

그녀는 커피잔을 손에 들고 마주 웃었다.

키요타카는 "아닙니다." 하고 고개를 저으면서 코마츠의 옆에 앉았다.

"감정 결과 진품 블루 다이아몬드였다더군요."

"그래서, 덕분에 상속세를 내느라 큰일이었지."

어깨를 으쓱거리는 그녀에게 키요타카는 "그렇겠네요."라며 쓴웃음을 지었다. 비싼 물건을 물려받으면 그런 고생도 있는 법이라며 코마츠는 팔짱을 꼈다.

"그 후 이래저래 생각해봤는데, 그 다이아몬드는 박물관에 기탁했어."

'기탁'이란 소유권은 자신에게 남긴 채 다른 장소에 맡기는 것이다.

"직접 가지고 있지 않아도 괜찮으시겠습니까?"

그녀는 고개를 끄덕였다.

"그렇게 큰 블루 다이아몬드는 아주 희귀하니 많은 사람들이 봐주면 기쁠 것 같아. 무엇보다 내 집에 있으면 마음이 불안하기만 해서."

코마츠는 이야기를 들으면서 그야 그렇다며 맞장구를 쳤다. 몇 억이나 하는 다이아몬드가 집에 있으면 느긋하게 외출도 할 수 없을 것이다.

"하지만 박물관도 안전하지 않습니데이."

책상에서 그리 중얼거린 엔쇼에게 그녀는 후훗, 하고 웃었다.

"하지만 우리 집보다 훨씬 안전하지. 만약 박물관에서도 도둑맞을 정도라면 포기해야지. 집에 두었다가 또 불이 나면 곤란하거든."

아츠코는 먼 곳을 바라보면서 중얼거렸다.

그것이 그야말로 그녀의 본심이리라. 일동은 입을 다물었다.

침묵을 부른 것을 미안하게 생각했는지 아츠코는 분위기를 바꾸듯이 얼굴을 들었다.

"맞다, 오늘은 정식 의뢰는 아니지만 부탁하고 싶은 게 있어서 왔는데."

"네." 하고 키요타카와 코마츠는 고개를 끄덕였다.

"이미 들었을지도 모르겠지만, 최근 기온 일대에서 날치기가 많이 발생하고 있다고 해. 가방이나 액세서리를 지나가다 난폭하게 잡아당겨서 가져간다고. 우리 학생도 몇 명 피해를 입었어. 혹시 보면 신고 좀 부탁할 수 있을까?"

"알겠습니다."

모두가 동의하자 아츠코는 "그럼 이만." 하고 일어섰다.

"우리 클럽, 금요일 밤 오픈 준비를 해야 해서."

"열심히 하세요."

"키요타카 씨, 만약 아르바이트를 하고 싶으면 언제든지 와요. 엔쇼 씨도."

"감사합니다." 하고 빈틈없이 인사하는 키요타카와 반대로 엔쇼는 턱을 괸 채 고개를 돌렸다.

"돈 많은 아지매한테 술 따위 따르고 싶지 않소."

"이봐, 엔쇼. 죄, 죄송합니다."

코마츠가 황급히 사과했지만 아츠코는 신경도 쓰지 않는 기색으로 기분 좋게 키득키득 웃었다.

"교토에는 늘 겉으로만 점잖게 행동하는 사람이 많아서, 당신처럼 솔직한 반응은 반대로 신선해서 기분이 좋아."

"지는 아마가사키에서 왔습니더. 애초에 교토 사람은 좋아하지 않고예."

"그 말에 동감이야."

아츠코는 눈을 활처럼 가늘게 뜨고 사무소를 뒤로했다.

"무서워라, 교토 사람의 저런 면이 싫다."

그녀의 모습이 사라지자마자 엔쇼는 노골적으로 어깨를 움츠렸다.

"지금 모습은 나도 무서웠으니까 그 말에는 동감이야. 아츠코 씨, 웃고 있었지만 분명 기분 상했을 거야. 다음에 그녀에게 토라야 과자라도 들고 찾아가야겠어."

교토 사람이 보증하는 토라야라면서 코마츠가 말하자, 컵을 정리하던 키요타카가 고개를 돌렸다.

"죄송합니다. 요전에 말씀드리는 것을 깜빡했는데요. 교토 사람인 제가 토라야 과자를 들고 가면 순순히 기뻐하지만, 코마츠 씨처럼 외지인이 토라야 과자를 들고 가면 이야기는 달라집니다."

그렇게 이야기하면서 키요타카는 부엌에서 컵을 씻어 행주로 꼼꼼하게 닦은 후, 식기장에 다시 넣었다.

"엥? 무슨 소리야?"

코마츠가 입을 떡 벌렸다.

키요타카는 부엌에서 나와 코마츠 쪽으로 향했다.

"토라야의 맛과 브랜드 파워는 누구나 압니다만, 일부 사람에게는 '교토를 버리고 간 가게'라는 감정도 있습니다. 그래서 외부인이 토라야 과자를 가지고 오면 '교토를 버리고 간 가게 걸 들고 오다니'라는 감정이 생기는 경우가 있습니다. 특히 사죄에 쓰이는 경우에는 피하는 게 낫겠죠. 교토 특산 전통 과자를 추천합니다."

키요타카는 검지를 세우고 하얀 이를 보였다.

"…………."

코마츠와 엔쇼는 입을 다물었지만, 순간 "귀찮게 뭐야!"라고 입을 모아 외쳤다.

"그기 뭐고! 진짜 짜증난다."

"동감이야. 뭐야 그게."

"진정해요. 귀찮아하거나 짜증내지 말고 그런 부분도 즐겨 보라는 거죠."

"즐길 수 있겠나!"라며 엔쇼가 태클을 걸었고, 코마츠도 "정말 그래." 하고 동의하면서 생각난 듯이 얼굴을 들었다.

"맞다. 요전에 인터넷에서 봤는데, 교토 사람이 손님에게 '좋은 시계를 차셨네요'라고 하는 말은 '빨리 돌아가라'는 뜻이라고 해서 오싹했어. 너무 무섭잖아."

"하모, 교토 사람한테는 그런 면이 있다."

그런 두 사람을 보고 키요타카는 어이가 없다는 듯이 허리에 손을 댔다.

"하여간에 무슨 소리를 하는 겁니까. '슬슬 가봐야 하지 않겠습니까?'라는 의미를 칭찬으로 포장해 전달하는 겁니다. 오히려 친절하지 않습니까? 애초에 외부인이 일일이 지나치게 받아들이는 겁니다."

"지나친 건 그쪽이야."

"그래그래."

셋이서 왁자지껄 떠들고 있는데 인터폰 소리도 없이 드르륵, 하고 문이 열리는 소리가 났다.

"안녕하심까."

다음 순간 사무소에 얼굴을 내민 것은 카지와라 아키히토였다.

밝은색 머리에 티셔츠와 청바지 등 편안한 차림새다. 살짝 경박한 느낌도 있지만 역시 잘생겼다. 눈길을 끄는 화려한 외모를 가지고 있었다.

"……아키히토 씨."

"여어."

아키히토는 한 손을 들고 멋대로 소파에 털썩 앉았다.

"놀러온 건가요?"

미소를 지으면서도 '여기는 일단 직장입니다만'이라는 오라를 내뿜는 키요타카에게 아키히토는 입을 삐죽였다.

"아냐. 상담하러 왔어."

"상담?"

"한 시간 뒤쯤 되려나? 여기로 손님이 올 건데……."

아키히토가 그렇게 말한 직후 사무소에 인터폰 소리가 울렸다.

"아, 벌써 온 건가?"

아키히토의 말에 모두가 일제히 인터폰 화면으로 시선을

보냈다.

그곳에는 마시로 아오이의 모습이 비치고 있었다.

"아오이 씨?"

키요타카는 일어나더니 놀란 기색으로 아키히토 쪽을 봤다.

"당신이 말하는 손님은 아오이 씨인가요?"

"에이, 아냐. 내 손님은 더 나중에 와."

그러냐면서 키요타카는 재빨리 현관으로 향했다. 그때까지 툴툴대던 엔쇼도 순간 키요타카와 마찬가지로 눈빛이 날카로워지자 코마츠는 살짝 놀랐다.

"일하는데 죄송해요, 홈즈 씨."

현관에서 아오이의 목소리가 들려왔다.

가게는 지금 리큐가 보고 있다고 한다.

"아니에요. 또 당신의 얼굴을 볼 수 있어서 기뻐요."

키요타카의 밝은 목소리도 들렸다.

여자친구를 앞에 두고 눈꼬리를 축 내리고 있을 얼굴이 떠올라서 코마츠, 아키히토, 엔쇼는 반쯤 질린 기색으로 어깨를 으쓱거렸다.

"안녕하세요, 테라마치 산조의 홈즈 씨."

아오이의 뒤에서 다른 여성의 목소리가 들려왔다. 아무래도 아오이는 누군가를 데려온 듯했다.

낯선 목소리에 코마츠와 엔쇼는 '누구지?' 하고 미간을 찌푸렸다.

"아아, 이거 귀한 손님이네요."

"이린 씨가 홈즈 씨를 찾아오셨어요."

아오이가 데려온 여성의 이름은 '이린'인 모양이다. 외국인일
까?

"그러면 저는 이만 갈게요."

아오이는 그대로 떠나려 했다.

다음 순간 키요타카의 다급한 목소리가 울렸다.

"아, 저기, 아오이 씨, 모처럼 왔으니 커피 정도는 마시고 갈
래요?"

그러자 이린이 "그래요." 하고 동의했다.

"당신도 꼭 있어줘요, 아오이 씨."

"그럼 잠시만 있을게요."

두 사람의 제안에 아오이는 조심스러운 목소리로 그렇게 말
했다.

2

"들어오세요."

키요타카가 미닫이문을 열자 아오이가 사무소 겸 상담실로
모습을 드러냈다.

그녀의 주위에는 꽃이 춤추는 듯한 화려한 분위기가 흐르고 있었다.

"여, 아가씨, 오랜만이야."

코마츠는 아오이에게 한 손을 들고, 이어서 "안녕하세요."라고 말하면서 이린에게 시선을 보내다 입을 다물었다.

"우와, 엄청난 미인이잖아."

솔직한 성격인 아키히토가 직설적인 말을 입에 담았다. 코마츠는 동감이라며 힘차게 고개를 끄덕였다. 윤기 있는 검은 생머리, 길쭉하고 큰 눈, 하얀 피부를 가진 미인이었다. 어디서 본 것 같은 기분이 드는데, 혹시 그녀도 아키히토처럼 연예계 관계자일까?

코마츠와 아키히토가 이린에게 눈길을 빼앗긴 옆에서 키요타카는 그 미녀에게 눈길도 주지 않고 아오이를 앞에 둔 채 기쁜 듯이 눈을 활처럼 가늘게 뜨고 있었다.

여전하다. 분명 엔쇼도 그런 키요타카를 보고 어이없어하고 있으리라.

코마츠는 확인하듯이 엔쇼에게 시선을 보냈지만 의외로 엔쇼는 키요타카에게도 이린에게도 흥미를 보이지 않고 아오이를 시선으로 좇고 있었다.

"……?"

그럴지도 모른다고 몇 번이나 생각했는데, 혹시 엔쇼는 아오이에게 관심이 있는 게 아닐까?

그렇다면 키요타카와 엔쇼는 같은 여자를 둘러싸고 싸우는 연적이라는 뜻인가? 그래서 사이가 나빴던 건가?

코마츠는 그런 생각을 가슴에 품고 목으로 꿀꺽 소리를 낸 다음 이번에는 아오이에게 시선을 돌렸다.

"코마츠 씨, 오랜만이에요. 아키히토 씨도 와 있었네요."

방긋 웃으며 그렇게 이야기하는 아오이의 분위기는 여전히 느긋했다.

아오이는 확실히 귀여웠다. 동그란 눈은 아주 맑고, 다소곳한 모습을 보니 왠지 모르게 치유받는 느낌이 들었다. 동물에 비유하자면 높은 산 바위 그늘에서 얼굴을 빼꼼 내민 새하얀 족제비 같다.

하지만 이 강렬한 두 남자가 쟁탈전을 벌일 만한 여성으로는 도저히 보이지 않았다. 검은 표범과 호랑이가 족제비를 빼앗는 모습이 머릿속에 떠오르자 말도 안 된다면서 코마츠는 작게 웃었다.

"어서 앉으세요."

코마츠는 일어나 손을 뻗어서 자리에 앉기를 권했다.

아오이와 이린은 인사하면서 아키히토의 맞은편에 나란히 앉았고, 코마츠는 자신의 책상에 앉았다.

"지금 커피 준비를 할 테니 잠시만 기다려주세요."

그렇게 말하고 키요타카는 부엌으로 들어갔다.

결코 넓지 않은 이 사무소에 젊고 화려한 남녀가 바글거리고 있다. 너무나도 화려한 광경에 코마츠는 무심코 눈을 가늘게 떴다.

자기 혼자서 일하던 때와는 전혀 달랐다. 그때 이 사무소에는 서류나 책만이 산더미처럼 쌓여 있었고 꾀죄죄했다. 사무소를 찾아오는 손님도 거의 없었고 의뢰인은 모두 온라인을 통해 상담만 했다. 소파 세트는 그저 장식일 뿐이었다.

"형씨의 흡인력은 엄청나군."

코마츠는 책상에서 사람들의 모습을 살피면서 작은 목소리로 중얼거리고 얼굴에 힘을 주었다.

3

키요타카가 사람들 앞에 커피를 놓자 이린은 고개를 꾸벅 숙였다.

"인사가 늦어서 죄송합니다. 저는 지우 이린이라 합니다. 상하이 출신의 중국인입니다."

그 말에 아키히토는 "오, 일본어 잘한다."라고 감탄한 듯이 말했다.

코마츠는 그녀의 이름을 듣고 마시던 커피를 내뿜을 만큼 놀라서 사레가 들었다.

콜록콜록 기침하는 코마츠를 보고 아키히토는 얼굴을 찌푸렸다.

"왜 그래요, 코마츠 씨, 이린이 너무 예뻐서 긴장했어요?"

"노, 놀랐어. 지우 이린이라면 혹시 지우 지페이의 딸?"

어디서 본 적이 있는 것 같았다면서 코마츠는 주먹을 쥐었다.

어디서 봤는지 정확히 기억나지는 않지만 아마 잡지 등에서 아버지인 지우 지페이와 함께 있는 이린의 모습을 본 적이 있을 것이다. 세계적 부호인 지우 지페이의 이름은 경제계에 해박하지 않아도 아는 사람이 많다.

아키히토와 엔쇼도 "어?" 하고 눈을 크게 떴다.

이린은 "네." 하고 고개를 끄덕였다.

"어, 저기, 갑부라서 유명한?"

엄청나다며 목소리를 높이는 아키히토를 보고 이린은 곤란한 듯이 어깨를 으쓱거렸다.

"유명한 건 아버지지 저는 조금도 대단하지 않아요."

꽤나 괜찮은 여자라면서 코마츠가 감탄하는데 엔쇼가 코웃음을 치며 말했다.

"그야 그렇겠제. 댁은 우연히 좋은 집안에서 태어났을 뿐이다. 운이 좋았을 뿐이데이."

"!"

그런 말을 눈앞에서 들은 건 처음인지 이린은 순간 얼굴을 붉혔다.

역시 엔쇼는 부유층 사람에 대한 콤플렉스가 강한 듯했다. 그가 키요타카에게 보이는 반발심에도 그런 점이 크게 작용했을지 모른다.

"자자, 엔쇼. 엇나가지 마."

이번에는 아키히토의 거리낌 없는 말을 듣고 엔쇼는 혀를 차며 키요타카 쪽으로 고개를 돌렸다.

"하지만 그런 엄청난 아가씨에게 부탁을 받는 홈즈 씨야말로 참말로 대단하다."

계속 비꼬는 엔쇼를 보고 키요타카는 작게 숨을 내쉬었다.

"엔쇼, 손님께 실례예요. 죄송합니다, 이린 씨."

"아니, 괜찮아요. 그리고 저는 '이린'이면 돼요. 저도 당신을 '홈즈'라고 부를 테니까요."

키요타카는 "알겠습니다." 하고 아키히토의 옆에 앉아 아오이와 나란히 정면에 앉은 이린을 바라보았다.

"그래서 제게 무슨 볼일이 있으신가요? 혹시 키쿠카와 시로와 무슨 일이 있었나요?"

그러자 이린은 노골적으로 혐오스러운 표정을 지었다.

"그 남자 이야기는 하지 말아요. 그 일 이후로 인연을 끊었어요."

키요타카와 아오이는 놀라서 눈을 깜빡였다.

"그 일로 아빠까지 이용하려 했던 것을 알았어요. 지금은 어디 있는지도 몰라요."

"참 현명하시군요."

키요타카는 고개를 끄덕였다.

"홈즈, 이번에 당신에게 감정을 의뢰하고 싶어요."

"감정?"

그 말에 키요타카의 눈에 빛이 비치는 것을 볼 수 있었다.

아오이도 그 말이 의외였는지 놀란 표정을 보였다.

"이린은 '감정사' 홈즈 씨에게 볼일이 있었던 건가요?"

아오이의 질문에 이린은 "네." 하고 고개를 끄덕였다.

"이번에 아빠가 미술 전시회를 열게 됐어요. 아빠는 버블경제 시기에 단숨에 부호의 자리에 오른, 이른바 '벼락부자'여서요. 그런 아빠의 성공을 칭찬하는 사람도 있지만 일부는 아주 싫어해요."

그녀의 이야기를 들으면서 이해가 간다며 코마츠, 아키히토, 엔쇼 세 명은 고개를 끄덕였다.

"아빠는 본가가 있는 상하이 시민의 마음을 붙잡고 싶다며 상하이 박물관에서 이벤트를 열 생각을 했어요. 그것이 전 세계의 보물을 모아 전시하는 〈세계 최정상의 미술전〉이라는 기획이에요. 지금 준비 중인데, 위작도 들어와 있는 것 같아서…… 만약 전시회가 시작되고 위작을 전시하게 되면 아빠의 평판이 더 떨어질 수 있을 것 같아서요."

이린이 그렇게 이야기하자 키요타카는 가슴에 손을 얹고 살며시 고개를 갸웃거렸다.

"전 세계 보물이 모이는 훌륭한 전시회의 감정사로 저를 부르신다고요? 겸손하게 굴 생각은 없지만, 아직 저는 풋내기입니다. 저로 괜찮으시겠습니까?"

"감정사는 각국에서 전문가를 부르고 싶은데, 스태프의 조사 결과 서일본에서는 야가시라 세이지, 야나기하라 시게토시의 이름이 나왔어요."

야나기하라 시게토시라는 말을 듣고 엔쇼의 입꼬리가 미미하게 올라갔다. 자기 스승의 이름이 나와서 기쁠 것이다.

"바로 두 사람에게 의뢰를 하니 야나기하라 선생님은 받아들였지만 야가시라 선생님은 '내가 아니라 제자인 손자에게 의뢰하시오. 나와 같은 눈을 가지고 있소'라고 했어요. 그 제자인 손자는 바로 안면이 있는 당신이었어요. 마침 나도 일본에 있어서 이렇게 직접 부탁하러 온 거예요."

이린의 이야기를 들으면서 "진짜 일본어 잘하네."라며 아키히토는 한결같이 감탄했다.

"그런가요, 할아버지가 저를……"

당사자인 키요타카는 어딘가 납득이 가지 않는 표정으로

얼굴을 찌푸렸다.

"홈즈 씨, 왜 그러세요?"

아오이가 이상하다는 듯이 묻자 키요타카는 팔짱을 끼고 있던 팔을 풀고 웃음을 보였다.

"할아버지는 이렇게 규모가 크고 화려한 행사를 좋아하세요. 그래서 그걸 거절하고 저를 지명한 게 의외여서요. 혹시 컨디션이 좋지 않은가 해서. 생각해보니 한동안 얼굴을 보지 못했네요."

키요타카가 조금 걱정스럽게 말하자 아오이는 납득한 듯이 고개를 끄덕였다.

"오너의 건강을 걱정한 거로군요. 점장님께서 어제 오너를 만났다고 하셨는데, 여전히 건강하다고 하셨어요. 분명 후계자인 홈즈 씨에게 좋은 경험을 시켜주자고 생각하신 게 아닐까요?"

"그런가요. 그렇다면 다행인데요."

키요타카는 안심한 듯이 말하면서도 아직 납득할 수 없는 기색을 보이고 있었다.

이린은 "그래서요." 하고 스마트폰의 스케줄 앱을 열어 달력을 가리켰다.

"정말 갑작스럽게 죄송하지만, 기간은 이날부터 2주 동안 부탁하고 싶어요."

출발은 지금으로부터 사흘 뒤였다.

"정말 갑작스럽네요." 하고 흥미로운 기색을 보이는 아오이에게 이린이 미소 지으며 시선을 맞췄다.

"혹시 괜찮다면 아오이 씨도 같이 가겠어요?"

그러자 아오이는 볼을 살짝 붉히며 어깨를 움츠렸다.

"제안은 기쁘지만 실은 같은 시기에 뉴욕에 갈 예정이 있어서요……."

"그래요, 아쉽네요."

코마츠는 이야기를 들으면서 그랬다며 맞장구를 쳤다. 아오이는 같은 시기에 세계적 권위자인 여성 큐레이터의 초대를 받아 미국에 가기로 되어 있다.

"아마 3박 5일의 강행군이랬지?"

아오이는 아니요, 하고 쓴웃음을 지으면서 고개를 저었다.

"처음에는 학교를 쉬는 게 내키지 않아서 3박 5일 예정을 짰는데요, 상대편에서 그러면 시간이 너무 부족하다는 요청이 있어서 결국 이동일 포함 열흘 일정으로 가게 됐어요."

"그렇구나, 편도에 열 몇 시간이나 걸리는 곳이니 이왕이면 그 정도 기간으로 가는 편이 좋겠지."

"참말로 조심해야 된데이."

엔쇼가 나직하게 말했다.

아오이는 미소를 지으며 네, 하고 고개를 끄덕였다.

"그럼 상하이에는 홈즈만 가겠군요. 일등석에 최고급 호텔을 준비할게요. 호텔은 어디가 좋을까요. 역시 일본인이니까 일본이 주인인 모리 빌딩? 상하이 타워를 내려다볼 수 있는 멋진 방을 준비할게요."

이린이 그렇게 이야기하자 엔쇼는 기가 차다는 듯이 한숨을 내쉬었다. 키요타카는 잠시 생각에 잠겼다가 이윽고 얼굴을 들었다.

"일등석도 호화로운 방의 준비도 필요없으니 제 임시 제자를 함께 데려가도 괜찮을까요?"

키요타카가 그렇게 말하자 엔쇼는 튕겨나듯이 얼굴을 들었다.

"임시 제자는 뭔가요…… 그런 일본어는 몰라요."

"야나기하라 선생님의 제자를 지금 맡고 있는데, 아까 실례를 범했던 저기 있는 남자 엔쇼라고 합니다만, 그도 동행해도 되겠습니까? 무례하지만 우수합니다."

이린은 엔쇼 쪽을 보고 살짝 맞장구를 쳤다.

"네, 상관없어요. 뭣하면 두 사람 모두 최고의 대우를 준비할 수 있는데요……."

이린이 그렇게 말하자 코마츠가 "아니요!" 하고 책상에 손을 대고 일어섰다.

"이 젊은 두 사람에게 그렇게까지 할 필요는 없습니다. 비행기는 이코노미, 호텔 방도 아주 평범한 곳으로 부탁합니다!"

이린은 눈을 크게 뜨고 아오이에게 귓속말을 했다.

"저 사람은 홈즈의 아버님인가요?"

아오이는 "아니에요." 하고 고개를 저었다.

"이곳의 소장님이에요."

"이린, 아마 코마츠 씨는 홈즈랑 엔쇼가 부러워서 그런 걸 거야."

아키히토가 큭큭 웃자 코마츠의 볼이 달아올랐다. 이린은 어머, 하고 코마츠에게 얼굴을 돌렸다.

"그러면 소장님도 함께 가시죠."

"아닙니다, 나는 여기서 할 일이 있으니 사양하겠습니다."

코마츠는 목이 빠질 만큼 옆으로 고개를 저었다. 이래서는 정말로 부러워서 훼방을 놓은 것 같다면서 코마츠는 겸연쩍어 머리를 긁적였다.

이린은 그런 코마츠의 마음을 간파한 듯이 후훗, 하고 웃었다.

"그럼 나중에 여기로 필요 서류를 보낼게요. 홈즈, 엔쇼 씨, 코마츠 씨 것을 보낼 테니 잘 부탁드려요."

"어, 저기, 저는."

당황해하는 코마츠에게 "필요없으면 돌려보내세요."라고 이린은 돌아갈 준비를 하며 말했다.

"이린 씨, 괜찮다면 역까지 안내할게요."

아오이의 제안에 "아니에요." 하고 이린은 고개를 저었다.

"모처럼 왔으니 기온을 관광하고 싶어요. 그러니까 여기서 헤어져요."

이린은 모두의 전송을 받으며 "그럼 또 봐요." 하고 산뜻하게 코마츠 탐정 사무소를 뒤로했다.

아오이가 뉴욕으로 가기 전에 키요타카, 코마츠, 엔쇼가 상하이로 가는 것이 결정됐다.

예정에도 없었던 일정이 벌어지자 코마츠는 "생시인가."라고 중얼거리며 의자 등받이에 체중을 실었다.

자연히 볼이 풀어지는 것이 느껴지자 코마츠는 머리를 흔들고 컴퓨터를 마주 봤다.

서장 『마루타케 에비스니, 조심해』

1

지우 이린이 모처럼 왔으니 기온을 관광하고 싶다며 인사하고 상담실을 나가고 나서 얼마 후.

카지와라 아키히토의 '손님'이 코마츠 탐정 사무소를 방문했다.

"안녕하세요."

기운찬 목소리로 들어온 것은 두 소녀였다.

"여, 기다렸어. 길 안 헤맸어?"

그렇게 묻는 아키히토에게 두 사람은 "괜찮았어요."라고 생글거리며 대답했다.

몸집이 작아서 '소녀'로 보였지만 실제로는 스무 살 전후쯤으로 예상된다.

"처음 뵙겠습니다."

시원스럽게 말하는 그녀들을 앞에 두고 사무소에 있던 키요타카, 아오이, 엔쇼, 코마츠는 멍하니 서 있었다.

"아키히토 씨와 같은 기획사에 소속된 후배 '베니코'입니다!"

윤기 있는 검은 단발머리가 인상적이고 신비로운 분위기를 가진 미녀였다.

"마찬가지로 후배인 '사쿠라코'입니다!"

세미롱 웨이브 머리, 동안에 귀여운 이미지를 가진 그녀가 달콤한 목소리로 인사했다. 이어서 두 사람은 척하니 포즈를 취했다.

"둘이 합쳐…… '베니사쿠라'입니다! 잘 부탁드려요."

그렇게 한 목소리로 말하고 두 사람은 머리를 깊이 숙였다.

"귀여워……."

그렇게 중얼거린 아오이의 말에 동조하듯이 키요타카와 코마츠는 빙긋이 웃으며 맞장구를 쳤지만 엔쇼만은 실소를 머금었다.

"느닷없이 그 포즈는 뭔교?"

그런 엔쇼의 무례한 말에도 두 사람은 "저희의 필살 포즈예요."라며 웃었다.

"그런 말 하지 마."

아키히토도 웃었다.

"이 친구들은 같은 기획사 후배. 아이돌이자 다방면에서 활동하고 있어. 나한테는 소중한 동생뻘이라 할 수 있지."

베니사쿠라는 "잘 부탁드립니다." 하고 다시 고개를 숙였다.

"그리고 이쪽은 절친인 홈즈라고 해."

아키히토는 평소처럼 말했다.

"홈즈?"

이상하다는 듯이 두 사람이 고개를 갸웃거렸다.

"야가시라 키요타카라고 합니다. 한자로 집 가(家) 자에 머리 두(頭) 자를 써서 야가시라이기 때문에 홈즈라는 별명이 붙었습니다. 안녕하세요."

키요타카는 그렇게 말하고 부드럽게 웃었다.

"!"

그런 키요타카를 앞에 두고 베니사쿠라는 나란히 볼을 붉혔다.

"뭐야, 둘 다 우물대기나 하고. 여기 진짜 꽃미남이 있는데."

마음에 들지 않는다는 듯이 말하는 아키히토에게 두 사람은 "죄송합니다."라고 말하면서 후훗, 하고 웃었다.

"참고로 옆에 있는 건 아오이. 홈즈의 여자친구야."

아키히토의 소개를 받은 아오이는 "마시로 아오이예요." 하고 머리를 숙였다.

"아키히토 씨, 아오이 씨는 여자친구가 아니라 약혼자예요."

키요타카가 즉시 그렇게 덧붙이자 아키히토는 "아아, 그랬지." 하고 과장스럽게 어깨를 으쓱거렸고, 아오이와 베니사쿠라 두 사람은 볼을 붉혔다.

"그런데 여기에 오신 이유는 무엇인가요?"

키요타카가 그렇게 묻자 아키히토는 실은, 하고 운을 떼며 베니사쿠라 두 사람에게 시선을 보냈다.

"홈즈, 부탁해. 이 친구들 좀 상담해줘."

"제가 이분들 상담을요?"

아이돌의 상담에 응할 수 있을지 모르겠다는 표정을 짓는 키요타카에게 그녀들은 "부탁드려요!" 하고 다시 머리를 숙였다.

"일단 앉으세요. 커피는 드시나요? 홍차도 준비할 수 있습니다."

"감사합니다, 저는 커피를 블랙으로 마실게요."

"저는 밀크와 설탕도 주세요."

베니코와 사쿠라코가 그렇게 대답했다.

키요타카는 "알겠습니다."라고 대답하고 부엌으로 향했다.

베니사쿠라 두 사람은 소파에 나란히 앉았고, 아키히토는 그 반대편에 앉았다.

2

"그래서 어떤 상담인가요?"

커피 준비를 마친 키요타카는 아오이의 옆에 앉아 물었다.

맞은편에는 베니사쿠라 두 사람과 아키히토가 나란히 앉아 있었다.

코마츠와 엔쇼는 자기 책상에 앉아 그 모습을 지켜보고 있었다.

……아이돌과 미남자가 마주 앉아 있다.

코마츠는 그 모습을 바라보면서 마치 드라마를 보고 있는 것 같다며 볼을 누그러뜨렸다.

연예인 사이에 있어도 조금도 뒤떨어지지 않는 키요타카의 모습을 보니 코마츠는 왠지 자랑스러운 기분마저 들었다.

키요타카의 옆에 앉은 아오이는 흥미로워하는 모습이었고, 한편 책상에 있는 엔쇼로 말하자면 흥미 없다는 듯이 턱을 괴고 있었다. 하지만 저렇게 보여도 확실하게 관찰하고 있는 것을 코마츠는 알고 있었다.

그 증거로 아키히토가 "그게 말이야." 하고 입을 열려고 한 찰나 "배우 양반." 하고 엔쇼가 입을 열었다.

"여기는 '탐정 사무소'다. 여기서 홈즈 씨를 포함한 우리가 댁들의 의뢰를 받아들이면 비용이 발생한데이."

알고 있냐면서 엔쇼가 조금 심술궂게 말하자 아키히토는 강한 눈빛으로 고개를 끄덕였다.

"상관없어. 비용은 내가 낼 거야."

아키히토가 그렇게 말하자 베니사쿠라는 "아키히토 씨." 하고 눈시울을 붉혔다.

"좋은 선배네요."

키요타카가 부드럽게 말하자 아키히토는 "뭐, 그렇지." 하고 천연덕스럽게 대답했다.

"그리고 상담만 받는 거니 비용도 뻔할 거 아냐."

"뭐, 상담만 받는다면요. 그래서 대체 무슨 일인가요?"

베니사쿠라에게로 시선을 옮기고 부드럽게 물었다.

"실은……." 하고 베니코가 입을 열었다.

아무래도 그녀가 주도권을 쥐고 있는 듯했다.

"저희는 지금 교토 여행을 와 있어요. 그건 이번에 아키히토 씨가 주연하는 〈교토 나들이하기 좋은 날 사건 수첩〉에 출연하기 위한 사전 준비도 하기 위해서예요."

그 말에 키요타카는 눈을 크게 뜨고 아키히토를 봤다.

"〈교토 나들이하기 좋은 날 사건 수첩〉?"

아키히토는 머리 뒤로 깍지를 낀 채 "응." 하고 고개를 끄덕였다.

"내가 출연하는 교토 소개 방송 〈교토 나들이하기 좋은 날〉을 두 시간짜리 서스펜스 드라마로 찍게 됐고, 주연은 그대로 나 '카지와라 아키히토'야. 교토를 소개하러 돌아다닐 때마다 사건이 일어나는 전형적인 서스펜스인데, 거기에 베니사쿠라 두 사람이 게스트로 출연한다는 얘기가 나왔거든. 두 사람이 촬영 전에 교토 관광을 하고 싶다고 해서 어제 내가 안내해줬고."

그렇게 이야기하는 아키히토에게 아오이는 눈을 빛냈다.

"엄청 재미있을 것 같아요."

"그치?"

"네, 엄마가 관광 서스펜스물을 좋아해서 자주 같이 봐요. 〈교토 나들이하기 좋은 날〉이 서스펜스 드라마가 되다니, 가슴이 두근거려요."

"아오이, 뭐 좀 아는구나."

아키히토는 기쁜 듯이 말한 후 이어 말했다.

"그런데 터무니없는 일이 일어나버렸어……."

그리고 다시 진지한 눈빛을 보였다.

"네, 맞아요."

얌전한 표정으로 고개를 끄덕이는 베니사쿠라 두 사람에게 모두는 말없이 귀를 기울였다.

아이돌이니 팬이 스토커로 변해서 말썽이라도 일어난 건가?

코마츠는 그런 예측을 했지만 내용은 전혀 달랐다.

"휴가도 받은 저희는 둘이 교토로 왔어요. 이번에 교토가 무대인 드라마에 출연하니 한번 느긋하게 교토를 관광할 겸 예비 조사를 하고 싶었기 때문이에요. 그랬더니 기획사 선배인 아키히토 씨가 안내해주겠다고 제안해주셔서요……."

* * *

그것은 어제 일.

교토에 도착한 베니코와 사쿠라코는 활기차게 첫 목적지로 향하고 있었다.

그곳은 기획사 선배인 카지와라 아키히토가 추천한 신사였다. 그리고 아키히토와는 그 신사 경내에서 만나기로 약속했다.

시조오미야역에서 통칭 란덴(嵐電)을 타고 목적지인 신사로 향했다. 역에 도착하자 바로 눈앞에 토리이가 있어서 두 사람은 뛰어난 접근성에 놀랐다.

'아키히토 씨도 말했지만, 우리가 제일 먼저 참배해야 하는 곳은 역시 예능에 영검이 있는 신사야.'

베니코는 토리이를 올려다본 채 나직하게 말했다.

토리이에는 '개운축복(開運祝福)'이라는 글자가 적혀 있고, 옆에 있는 석비에는 그 신사의 이름이 새겨져 있었다.

'……쿠루마오리 신사?'

고개를 갸웃거리는 사쿠라코에게 베니코가 고개를 저었다.

'쿠루마자키라고 읽는대.'

베니사쿠라가 교토에 와서 처음 찾은 곳은 우쿄구 사가에 있는 '쿠루마자키 신사'였다.

두 사람은 토리이를 앞에 두고 인사한 후 경내 안으로 발을 들였다. 입구의 토리이는 예스러운 석조였지만, 경내에 들어가자 선명한 주홍색 울타리가 줄지어 있어서 분위기가 아주 화려했다.

붉은 울타리에 이끌리듯이 두 사람은 안쪽으로 나아갔다. 울타리에는 유명 연예인의 이름이 많이 적혀 있었는데, 그 모습은 압권이었다.

'굉장하다, 아는 이름밖에 없어.'

'아, 미야자키 치호 씨의 이름도 있어.'

미야자키 치호는 이번에 같이 출연할 예정인 여배우이자 베니사쿠라에게는 대선배다.

최근 젊은 변호사와 약혼한 것으로도 유명했다. 공적으로나 사적으로나 모두 충실한 그녀는 두 사람에게 동경의 대상이었다.

'우리도 미야자키 치호 씨처럼 되고 싶어. 연예계에서 성공해 변호사와 약혼하는 꿈의 코스!'

사쿠라코는 힘차게 말하고 주먹을 쥐었다.

베니코가 그렇다면서 고개를 끄덕일 때였다.

'여, 베니사쿠라.'

옆에서 익숙한 목소리가 들렸다.

고개를 돌리니 아키히토가 웃음을 띤 채 한 손을 들고 있었다.

'꺄악, 아키히토 선배. 안녕하세요!'

'오늘은 불러주셔서 감사합니다!'

베니코와 사쿠라코는 떠들썩하게 아키히토에게 달려갔다.

'참배는 끝났어?'

'아니요, 이제부터 하려고요.'

'그럼 잘됐네. 여기는 소원이 이루어지는 돌, '기념신석'이 든 부적을 팔아. 듣자하니 그걸 손에 끼고 참배하면 좋대.'

'와, 꼭 가지고 싶어요.'

'그래. 사주고 싶지만 부적이나 새전, 호부는 직접 돈을 내고 사야지 영검이 있다더라.'

베니코와 사쿠라코는 '애초에 선배님께 받을 생각도 안 했어요.' 하고 웃으면서 고개와 손을 저었다. 역시 교토 관광 방송에 출연하면 해박해지는구나, 라며 아키히토의 토막 상식에 감탄도 했다.

하지만 별 것 아니다. 사실 모두 키요타카가 한 말을 그대로 옮기고 있었을 뿐이다.

두 사람은 사무소의 접수대에서 기념신석을 받아 기뻐하며 본전으로 향했다.

'그런데 어째서 여기가 예능에 영검이 있는 거지?'

사쿠라코가 혼잣말처럼 중얼거리자 아키히토가 검지를 세우고 술술 설명하기 시작했다.

'아마테라스오미카미가 천상에 있는 암굴에 갇혔을 때 암굴 문 앞에서 춤을 춰 모두를 즐겁게 해서 아마테라스오미카미를 밖으로 꺼낸 아메노우즈메노미코토라는 신이 여기에 모셔져 있대. 예능, 즉 엔터테인먼트의 신이야. 그래서 연예인이나 예술가, 문필가도 여기에 참배하러 오는 거야.'

'와, 아키히토 선배 대단해요.'

'〈교토 나들이하기 좋은 날〉에 이 신사는 아직 안 나왔죠?'

'뭐, 언젠가 TV에서 소개할 일도 있을 것 같아서 전에 절친과 사전 조사하러 온 적은 있어…….'

베니코와 사쿠라코는 오오오, 하고 감탄한 기색을 보였다.

'아키히토 선배의 절친은 어떤 분인가요?'

'뭐, 괴짜라 해야 하나.'

'네? 괴짜인가요?'

'하지만 열받게도 잘생겼어. 나 정도는 아니지만.'

세 사람은 테미즈야(手水舍)에서 손과 입을 씻고 본전 앞에 나란히 섰다. 그리고 기념신석을 손에 단단히 끼고 참배했다.

그 후 경내에 있는 다른 신사인 '예능 신사'로 향했다.

아직 새것인 석비에 새겨진 '예능 신사'라는 글자를 보고 베니사쿠라 두 사람은 흥미롭게 숨을 내쉬었다.

'굉장하다, 이름도 그대로야.'

'진짜, 예능 신사라니.'

'영검이 있을 것 같지?'

씩 웃는 아키히토에게 두 사람은 '네.' 하고 미소 지었다.

세 사람은 예능 신사에서 열심히 참배했다. 그리고 다음 신사로 가기 위해 신사의 주차장으로 향했다.

주차장에는 아키히토의 검은 SUV가 세워져 있었다.

'자, 어서 타.'

아키히토는 운전석에 올라타고 베니사쿠라 두 사람은 뒷좌석에 나란히 탔다. 사쿠라코는 순간 조수석에 타려 했지만 '매스컴이 오해하면 아키히토 씨가 곤란해지잖아.'라며 베니코가 그것을 막았다.

'좋아, 오늘은 예능과 장사에 영검이 있는 신사를 참배하는 거다!'

아키히토가 그렇게 말하자 두 사람은 와아, 하고 손뼉을 쳤다.

아키히토의 계획은 이랬다.

①쿠루마자키 신사(예능) →②후시미이나리 타이샤(장사) →③이마쿠마노 신사(예능) →④시라쿠모 신사(예능) →⑤미가네 신사(금전운). 참고로 괄호 안은 자신들이 특히 덕을 보고 싶은 영검이다.

그 계획에 따라 세 사람은 쿠루마자키 신사를 뒤로하고 후시미이나리 타이샤로 향했다.

베니사쿠라 두 사람은 후시미이나리 타이샤는 처음이었다.

활기차게 경내로 들어갔다. 여우 얼굴 모양의 과자를 선물로 사고 참배길에서 파는 참새 통구이에 눈을 동그랗게 뜨면서 걸었다.

이윽고 맞이한 여우 석상에 압도되었고, TV나 잡지에서 몇 번이나 본 적 있는 천 개 토리이를 앞에 두었을 때는 말이 나오지 않았다.

많은 관광객들은 아키히토를 보고는 '말도 안 돼, 카지와라 아키히토야.'라며 고개를 돌렸다. 하지만 아이돌인 베니사쿠라도 같이 있었기 때문에 촬영 중이라고 생각한 듯했다. 멀리서 바라볼 뿐 말을 거는 일은 없었다.

후시미이나리 타이샤에 이어서 이마쿠마노 신사로 향했다.

이 신사는 고시라카와 상황이 다이라노 기요모리에게 짓게 했다는 유래가 있고 가면 음악극인 노가쿠의 발상지여서 예능이 흥하는 영검이 있다고 한다.

기와에 일본의 신인 까마귀 야타가라스가 그려져 있었고, 신사의 배례전 앞에 매다는 방울인 혼츠보스즈가 마치 방울 부적처럼 작게 딸랑, 하고 소리를 냈다.

사원의 뒤편에는 '쿠마노 고도 산책'을 유사 체험할 수 있는 루트도 있어서 세 사람은 시끌벅적하게 즐기면서 그곳을 걸었다.

그다음에는 '시라쿠모 신사'로 향했다.

시라쿠모 신사는 고쇼(교토 교엔) 안에 있는 신사다. 제신은 이치키시마히메노미코토(별명 묘온벤자이텐), '교토의 벤텐 씨'라고 불리고 있다고도 한다.

'벤자이텐 님은 아주 아름답고 재화와 보물을 담당하는 신이래. 그래서 예능이나 금전운에 영검이 있다고 해.'

아키히토는 가이드북을 한 손에 들고 말했다.

베니코와 사코라코는 '정말 고맙네요!' 하고 기뻐했다.

작은 신사지만 고쇼 안에 있기 때문인지 분위기가 아주 엄숙해서 세 사람은 등을 바르게 펴고 참배했다.

마지막으로 금전운 신사로 이름 높은 '미가네 신사'로 향하게 되었다.

차를 주차장에 세우고 세 사람이 오이케 거리를 걷고 있는데 길 저편에서 아주 아름다운 여성이 걸어오는 모습이 보였다. 나이는 30대 초반.

여성 옆에는 중년 남성 두 사람이 따르듯이 걷고 있었다.

자세히 보니 그 여성은 마침 쿠루마자키 신사에서 화제로 삼았던, 이번에 같이 연기할 예정인 동경하는 여성, 미야자키 치호였다. 그녀의 곁에 있는 것은 세 사람도 아는 프로듀서 오시오와 유명 카메라맨인 카도노였다.

어쩌면 미가네 신사에서 촬영을 하고 있던 것일지도 모른다.

'안녕하심까.'

'수고하십니다!'

아키히토와 베니사쿠라가 머리를 숙이자 미야자키 치호는 놀란 기색을 보였다.

'어머, 아키히토와…… 너희들이었구나. 교토에 와 있었어?'

아마 그녀는 베니사쿠라의 이름이 생각나지 않은 듯했다.

'그렇습니다. 두 사람을 안내하고 있었어요.'

아키히토가 그렇게 말하자 베니사쿠라는 '네.' 하고 대답했다.

'이제 곧 촬영이네. 잘 부탁해.'

그녀는 그렇게 말하고 여신처럼 미소 지었다.

'저희야말로 잘 부탁드립니다.'

아키히토가 머리를 숙였다.

'미야자키 씨와 같이 연기하다니 꿈만 같아요.'

'벌써부터 긴장하고 있어요.'

그 옆에서 흥분한 기색으로 말하는 베니사쿠라 두 사람을 보고 미야자키 치호는 어머나, 하고 유쾌한 듯이 웃었다.

그러나 다음 순간 주위를 신경 쓰듯이 행동한 후 가만히 베니사쿠라 두 사람에게 얼굴을 가까이 가져갔다.

'마루타케 에비스니, 조심해…… 알았지?'

작은 목소리로 그렇게 말하고 진지한 눈빛을 보인 미야자키 치호에게 '네?' 하고 베니사쿠라는 눈을 깜빡였다.

무슨 소리인가 싶어서 두 사람이 당황하고 있는데 그녀는 '그럼 나중에 봐.' 하고 오이케 길로 온 검은 차에 올라탔다.

운전석에 있던 것은 그녀의 매니저였다.

세 사람은 달려가는 차에 손을 흔들어 전송하면서 다 같이 고개를 갸웃거렸다.

'저기, 치호 씨가 뭐라고 했어?'

"마루타케 에비스니, 조심해'라고 하셨어요.'

'그건 아마 교토 길 노래 아냐?'

'그래, ♪마루타케 에비스니 오시오이케♪라는 노래야.'

세 사람은 으음, 하고 고개를 갸웃거렸다.

'뭐, 그보다 미가네 신사로 가자. 금빛으로 번쩍이는 토리이와 금빛으로 번쩍이는 경내는 진짜 최고니까.'

'와, 기대돼요.'

'복 지갑도 유명하죠.'

복 지갑이란 미가네 신사의 경내에서 파는 지갑이다. 노란색에 가까운 주황색 천이고 겉에는 '복(福)'이라는 글자, 열면 금박으로 새긴 '금(金)' 마크가 들어 있다.

거기에 구입한 복권이나 증권 등을 넣어두면 좋다고 한다.

세 사람은 경쾌한 발걸음으로 미가네 신사로 향했다.

아키히토가 말한 대로 황금 토리이, 번쩍거리는 경내를 보고 베니사쿠라는 눈을 빛냈다.

그러는 동안 아까 미야자키 치호에게 들은 의문의 말은 까맣게 잊고 말았다.

하지만 터무니없는 일이 일어났다. 그것은 다음 날, 바로 오늘 일이었다.

관계자와 가족의 간절한 희망으로 지금은 아직 공표되지 않았지만, 오늘 아침 미야자키 치호가 카모강 부지에서 사망했다는 것이다.

지금 경찰은 살인사건으로 수사하고 있다고 한다.

* * *

"그런 일이 있었나요?"

그녀들의 이야기가 끝나고 자초지종을 들은 아오이는 믿을 수 없다며 눈을 크게 뜨면서 입에 손을 대고 있었다.

진짜냐면서 코마츠는 이마를 눌렀다.

코마츠는 연예계에 관심이 없기 때문에 미야자키 치호라는 여배우는 모른다(솔직히 말하자면 베니사쿠라도 몰랐다).

하지만 배우가 카모강 강변에서 의문사를 당하면 아무리 관계자가 숨기고 싶어 해도 뉴스가 되지 않을까?

아오이와 코마츠는 동요했지만 키요타카도 엔쇼도 평온한 태도를 보였다.

"……그건 이번에 출연하는 〈교토 나들이하기 좋은 날〉 서스펜스 드라마의 내용인가요?"

키요타카가 그렇게 묻자 베니사쿠라는 "아." 하고 아쉽다는 듯한 소리를 냈다.

"그렇게 간단히 들켰나요?"

베니사쿠라 두 사람은 어깨를 으쓱거렸다.

"드라마 내용이었던 거군요……."

아오이는 다행이라며 가슴에 손을 대고 옆에 앉은 키요타카를 봤다.

"홈즈 씨는 바로 아셨네요?"

"네, 그런 큰 사건이 일어나면 역시 뉴스에 나올 테고, 그러지 않아도 두 사람에게 비장함이나 긴박감은 느껴지지 않았어요. 베니코 씨도 사쿠라코 씨도 즐거워 보였고요. 만약 지금 이야기가 사실이라면 가벼운 사이코패스일 거예요. 그리고 처음에 아키히토 씨는 '이 친구들의 상담을 해달라'고 했어요. 만약 지금 이야기가 진실이라면 베니사쿠라의 문제가 아니라 아키히토 씨 자신의 문제가 되겠죠."

평소처럼 아무렇지 않게 말하는 키요타카를 보고 아키히토와 베니사쿠라는 "으윽." 하고 신음했다.

"역시 연기력을 더 길러야겠네…… 네, 맞아요. 이건 이제부터 만들어질 두 시간짜리 서스펜스 드라마의 스토리예요."

"드라마에서는 2인조 아이돌이 아키히토 씨의 안내로 교토 관광을 한 후 미야자키 치호라는 배우가 카모강 강변에서 죽어 있는 모습을 발견하는 장면에서부터 사건이 시작돼요."

즉 '미야자키 치호'라는 배우는 드라마에 등장하는 가공의

존재라는 소리다.

키요타카를 속이지 못해서 실망한 기색의 베니사쿠라를 보고 아키히토는 큭큭 웃었다.

"역시 안 걸렸네. 그렇게 실망하지 마. 만약 발군의 연기력을 길렀다 해도 홈즈는 절대로 안 속으니까."

그 말에 두 사람은 살짝 구제받은 표정을 지었다.

"그런데 지금 이야기에 나온 신사는 실제로 드라마에 쓰이는 건가요?"

그렇게 물은 키요타카에게 두 사람은 "그럴 예정이에요." 하고 고개를 끄덕였다.

"그리고 어제 아키히토 씨가 사전 조사를 하라고 안내해주신 건 진짜예요."

"저희는 정말 사전 조사를 하고 싶었거든요."

베니사쿠라의 이야기를 듣고 키요타카는 그랬군요, 하고 고개를 끄덕였다.

"참 즐거웠겠군요. 저도 정말 좋아하는 신사만 있네요."

"저는 쿠루마자키 신사에 간 적이 없어서 마음에 걸렸어요."

아오이가 살짝 이야기에 끼어들었다.

"다음에 가볼까요?"

"좋아요."

그렇게 화기애애한 두 사람의 뒤에서 엔쇼가 심술 난 기색으로 작게 혀를 찼다.

"참말로 결국 뭐고."

엔쇼의 박력에 베니사쿠라는 몸을 움찔 떨었지만, 아키히토는 "미안." 하고 평소 상태로 한 손을 들었다.

"본론은 이제부터야."

그 말에 "엥? 지금부터 본론이야?"라며 코마츠의 입에서 얼빠진 소리가 나왔다.

베니코가 네, 하고 면목 없다는 듯이 몸을 움츠렸다.

"서론이 길어서 죄송합니다. 사전 조사를 하고 의욕적인 저희였지만 실은 아직 출연이 결정된 것이 아니라 오디션 단계예요. 하지만 저희는 최종 발표까지 올라가서 지금 제가 말씀드린 부분까지 나오는 각본을 받았어요. 오이케 길에서 여배우와 엇갈리고 '마루타케 에비스니, 조심해.'라는 말을 들은 다음 날 사체가 발견되는 부분까지예요."

"작품 속의 배우가 한 '마루타케 에비스니, 조심해.'라는 말은 범인은 아니지만 중요 참고인을 가리키고 있다고 해요. '그것이 대체 누구를 가리키고 있는지 그 수수께끼를 풀어라'는 문제를 최종 발표 과제로 감독님이 내셨어요. 그래서 저희는 계속 생각했지만 도저히 모르겠더라고요."

베니코와 사쿠라코는 순서대로 말하고 어깨를 움츠렸다.

그 이야기를 듣고 코마츠는 얼굴을 찌푸렸다.

"그렇다고 형씨한테 묻는 건 커닝이잖아?"

그러자 베니코가 "하지만." 하고 고개를 저었다.

"감독님은 직접 수수께끼를 풀라고는 한마디도 안 하셨어요."

이어서 사쿠라코도 발끈한 듯이 앞으로 나섰다.

"그리고 최종 발표에는 또 다른 아이돌 한 팀이 남아 있는데, 그녀들은 각본가의 작업실을 찾아 여자의 무기를 써서 알아냈다고는 말 못 하겠어……."

"사쿠라코!"

베니코가 즉시 그녀의 말을 막았다. 사쿠라코는 입을 잘못 놀렸다는 듯이 고개를 숙였다.

베니코는 작게 숨을 내쉬고 얼굴을 들었다.

"……실례했습니다. 저희가 도저히 할 수 없는 일이 생겼을 때 실력 좋은 분의 지혜나 힘을 빌리는 것은 결코 나쁜 일이 아니라고 생각합니다."

강한 어조로 말한 사쿠라코에게 키요타카는 그러네요, 하고 동의했다.

"거기에는 저도 동의합니다. 뭐든지 스스로 할 필요는 없습니다. 자신이 못하는 부분을 잘하는 사람이 보충한다. 그렇게 보완해가는 편이 세상이 잘 돌아간다고 생각할 때가 있습니다."

그 말을 듣고 베니코는 안심한 표정을 보였다.

"하지만 제 견해를 말하기 전에 두 분의 생각을 들어도 되 겠습니까?"

부드럽게 묻는 키요타카에게 두 사람은 "네." 하고 고개를 끄덕이고 우선 사쿠라코가 입을 열었다.

"그게 말이죠, 미야자키 치호라는 배우와 관련된 사람은 약혼자인 변호사, 운전했던 매니저, 프로듀서인 오시오 씨, 카메라맨인 카도노 씨예요. '마루타케 에비스니, 조심해'의 '마루타케 에비스'는 거리의 이름, 길을 가리키죠? 그래서 '운 전기사를 조심하라'는 생각이 떠올랐어요. 즉 중요 참고인은 운전기사를 맡았던 미야자키 치호의 매니저인 것 같아요."

코마츠는 으음, 하고 얼굴을 찌푸렸다.

이어서 베니코가 대답했다.

"저는 지도를 보고 조사했어요. '마루타케 에비스'는 마루타 마치 길, 타케야마치 길, 에비스가와 길을 말해요. 이 세 거 리가 정확하게 만나는 곳은 고쇼의 남쪽이에요. 그리고 고쇼 에서 가깝고 조심해(키오츠케테) 중 '키' 자가 붙는 가장 큰 건 물은 '교토 지방 재판소'였어요. 만약 그 장소를 가리키고 있 다면 미야자키 치호의 약혼자인 변호사가 중요 참고인이 아닐 까 해요."

베니코의 견해를 듣고 코마츠는 "호오."라고 중얼거렸다.

키요타카는 흐음, 하고 턱에 손을 댔다.

"참고로 나도 생각했어."

아키히토가 손을 들었다.

"당신은 어떻게 생각했습니까?"

"'마루타케 에비스니'의 뒤에 이어지는 가사는 '오시오이케'. 오시오라는 프로듀서에게 접근하지 말라는 생각이 들었어. 그래서 중요 참고인은 오시오가 아닌가 해. 단순하지만."

그 견해를 듣고 코마츠는 어쩌면 그것도 그럴 듯하다면서 팔짱을 꼈다.

"여러분, 깊이 생각하셨군요. 각자의 생각을 그대로 감독님에게 말해도 괜찮다고 생각합니다."

키요타카는 흐뭇한 듯이 눈을 가늘게 떴다.

"너는 어떻게 생각해?"

"제 견해도 단순합니다."

"단순?"

"네. 베니코 씨, 사쿠라코 씨, 그런 단순한 견해를 듣고 싶으십니까?"

키요타카는 두 사람을 봤다.

"네?"

베니사쿠라 두 사람은 눈을 깜빡였다.

"감독님이 무엇을 원해서 그런 과제를 냈는지 저는 알지 못합니다. 단순히 '정답'을 원하는 건지, 당신들의 '개성'이나 '감성'을 원하는 건지……. 퀴즈의 해답자라면 몰라도 출연할 배우에게 정답만 원할까요? 만약 감독님이 원하는 것이 달리 있다면 제 해답을 그대로 말하는 건 역효과가 날 겁니다."

키요타카의 말을 듣고 베니사쿠라 두 사람은 목으로 꿀꺽 소리를 냈다.

얼굴을 마주 보고 어떻게 하느냐는 기색을 보였다.

이대로 키요타카의 대답을 들을지, 아니면 그것을 듣지 않고 자신들이 이끌어낸 해답을 감독에게 말할지 망설이고 있으리라.

'만약 떨어진다면 어느 쪽이 후회스러울까?' 하고 코마츠도 그만 자신에게 대입해 생각했다.

"저희는 스스로 생각한 해답을 감독님에게 말할래요."

"네. 붙든 떨어지든 그편이 후련할 것 같거든요."

그런가요, 하고 키요타카는 고개를 끄덕였다.

베니코와 사쿠라코는 벌떡 일어나서 고개를 깊이 숙였다.

"감사했습니다!"

그리고 두 사람은 "바로 매니저에게 보고하러 갈게요." 하고 후련한 얼굴로 사무소를 나갔다.

"홈즈 씨는 멋있었어."

"응, 멋있었어. 여자친구와 사이가 좋아서 부러워."

밖에서 그런 두 사람의 목소리도 들려왔다.

"뭐야, 저 녀석들. 이런 완전 꽃미남 선배를 내버려두고."

아키히토가 마음에 들지 않는다는 듯이 입을 삐죽이자 아오이는 키득키득 웃었다.

"이봐 홈즈, 결국 네 견해는 뭐야?"

키요타카는 아아, 하고 입가를 끌어올렸다.

"'카메라맨인 카도노를 조심하라'는 것이 아닐까 합니다."

그 해답에 아키히토와 아오이는 "응?" 하고 미간을 찌푸렸다.

"어째서인가요?"

"어째서지?"

아오이와 아키히토 두 사람의 목소리가 거의 동시에 나왔다.

"베니코 씨는 '마루타케 에비스니, 조심하라'는 말이 의미하는 건 세 개의 거리라고 했지만, 실제로는 네 개의 거리입니다. '마루'는 마루타마치 길, '타케'는 타케야마치 길, '에비스'의 에비스가와 길에 이어서 '니'는 니조 길을 말합니다."

아키히토와 아오이가 "그렇구나." 하고 고개를 끄덕였다.

"거기에 조심하라(키오츠케테)이므로 '키'를 붙입니다. 저는 발음이 키인 '나무 목(木)' 변을 붙여보기로 했습니다. 목 변에 네 개의 길이라는 뜻입니다. 목 변에 사(四)가 붙는 한자는 없습니다만, 그 아래로 방향의 '방(方)'을 붙인 한자는 있습니다.

길은 방향도 나타내기 때문에 부자연스럽지는 않습니다. 그렇게 하면 이런 한자가 됩니다."

키요타카는 주머니에서 수첩을 꺼내 '네모질 룽(楞)'이라고 적어 보였다.

"이런 한자가 있구나."

"저도 몰랐어요."

아키히토와 아오이는 그 한자에 얼굴을 가까이 댔다.

"읽는 법은 '료', '모', 그리고 '카도'로도 읽을 수 있습니다."

"카도……"

아오이가 중얼거렸다.

"네. 이 글자의 의미는 '모서리'나 '모난 것'입니다. 사쿠라코 씨도 말했지만, 미야자키 치호라는 배우와 관련된 자는 약혼자인 변호사, 운전했던 매니저, 프로듀서인 오시오, 카메라맨인 카도노 네 명. 그렇다면 '마루타케 에비스니, 조심하라(키오츠케테)'를 나타내는 말이 '楞'이라는 글자라면, 그 글자가 나타내는 것은 이름에 '카도'가 들어가는 '카도노'입니다. 미야자키 치호는 오이케 길에서 우연히 만난 이번에 같이 연기하는 아이돌들에게 '카도노를 조심해'라고 전하고 싶었습니다. 하지만 본인이 옆에 있어서 직접적으로 말하지 못하고 암호로 바꿔 전했다는 설정이 아닐까 생각했습니다."

키요타카의 해답을 듣고 아오이, 아키히토, 코마츠는 "오오." 하고 소리를 높이며 손뼉을 쳤다.

"카도노 씨네요."

"응, 틀림없어, 카도노야."

고개를 연신 끄덕이는 아오이와 아키히토.

그 옆에서 엔쇼가 어이없다는 듯이 크게 숨을 토했다.

"하지만 그라믄 그 카메라맨을 조심하라고 작은 목소리로 귓속말을 하면 된다 아이가. 우째서 굳이 그런 암호를……."

"그건 물론 그렇지만, 촌스럽다는 생각도 듭니다."

"촌스럽나요?"

아오이가 고개를 갸웃거렸다.

"네, 픽션 세계의 사건을 일일이 진지하게 상대하면 엔터테인먼트는 태어날 수 없습니다. 미스터리 드라마 중에서 살해 현장에 경찰관이 아는 탐정이 와 있는 것이나 의료 드라마에서 의사가 말도 안 되는 손재주를 부리는 것, 법률 드라마에서 터무니없는 변호사가 전대미문의 행동을 하는 것, 그런 것을 오락으로 치부하고 떠드는 건 상관없지만 너무 진지해지는 건 촌스럽다고 생각합니다. 어차피 픽션입니다. 엔터테인먼트로 즐기는 마음의 여유가 있어도 상관없지 않을까요?"

키요타카의 말에 아오이는 확실히 그렇다며 맞장구를 쳤고, 엔쇼는 겸연쩍은 듯이 시선을 돌렸다.

"아아, 참고로 제 대답이 감독이 생각하는 정답인지 아닌지는 모릅니다."

그러자 아키히토는 "아니아니." 하고 고개를 저었다.

"나도 그게 정답인 거 같아. 근데 어째서 베니사쿠라에게 그런 말을 했지? 너 역시 남의 힘을 빌리는 건 나쁘지 않다고 했잖아?"

"……그녀들은 라이벌이 잘못된 방법을 쓴 것을 알고 자신들도 그래보자고 생각했을 뿐, 본래는 남의 힘을 빌리지 않고 성실하게 자신들의 힘으로만 고민하는 타입이라고 생각했기 때문입니다. 그런 면이 매력적이라고 느껴져서 심사에서 통과했을 가능성도 있습니다. 그렇다면 마지막에 남에게 들은 해답을 가지고 가면 역효과가 날 겁니다. 다만 거기에 대한 확증은 없기 때문에 그녀들에게 선택하게 했습니다."

"성실하고 올곧은 베니사쿠라답지 않은 행동으로 정답을 가져가면 실망을 사는 경우도 생각했어야 한 건가."

그렇군, 하고 아키히토는 팔짱을 꼈다.

"참고로 아키히토 씨가 그녀들의 입장이었다면 어떻게 했을 겁니까? 그녀들처럼 제 해답을 듣지 않고 돌아갈 겁니까? 아니면 제 견해를 들었을 겁니까?"

"물론 네 견해를 들을 거야."

너무 쉽게 나온 아키히토 씨의 대답을 듣고 아오이와 키요타카는 의외라는 표정을 지었다.

"……전 아키히토 씨라면 '내 힘으로 어떻게든 할 거야'라고 말할 줄 알았어요."

그렇게 말한 아오이에게 키요타카도 그치, 하고 동의했다.

"저도 '네 힘에는 의지하지 않아'라고 할 줄 알았어요."

"어? 네 힘도 내 힘이라고 생각했는데……."

아키히토는 진지한 얼굴로 그런 말을 했다.

"너도 잘 알겠지만, 난 원래 학력 콤플렉스가 엄청나게 있었어. 아버지가 도쿄대 출신 변호사에다 대학은 도쿄대 외에는 인정하지 않는 타입이었거든. 우수한 형은 기대에 부응해 도쿄대에 들어갔지. 동생은 그렇게까지 되지 못했지만 그래도 그럭저럭 우수했어. 하지만 나만 성적이 안 좋아서 '나는 나야'라고 생각하면서도 속으로는 신경 쓰고 있었고, 어쩔 때는 내 나쁜 성적에 우울해하기도 했어."

아키히토는 그리운 듯이 말하고 "하지만." 하고 키요타카 쪽으로 몸을 돌렸다.

"너와 친구가 되고 그게 사라졌어."

"……어째서인가요?"

"아무리 노력해도 나는 네가 될 수 없다고 깨달은 게 계기이려나. 거기에 열받기보다 내게는 아무리 노력해도 결코 될 수 없는 게 있다는 걸 깨달았어. 제각기 역할이 있다고 해야 하나."

아키히토는 이야기하면서 평소처럼 머리 뒤로 깍지를 꼈다.

"깨달은 뒤에 나한테 그런 멋진 친구가 있다는 게 기뻤어. 난 네 생각이나 힘을 빌릴 수 있어. 그것도 내 일부잖아."

그치? 하고 아키히토는 태평하게 웃었다.

"내 브레인이 너라고 생각하니 내 나쁜 성적이나 콤플렉스가 사라졌어. 그러니까 만약 내가 도저히 풀 수 없는 과제가 있을 때는 난 주저 없이 네 견해를 들을 거야. 거기에 망설임은 없어. 그건 홈즈라는 친구가 있는 내 힘이라고 생각하니까."

그렇게 말하고 아키히토는 후련한 얼굴을 보였다.

그런 아키히토를 앞에 두고 키요타카는 아무 말도 하지 않았다. 그 표정은 어딘가 기뻐 보였다.

"……당신에게는 때때로 놀라네요."

그렇게 말하고 키요타카는 숨을 토했다.

"그야말로 홈즈 씨가 말했던 상부상조라는 거네요."

아오이는 미소 지으면서 고개를 끄덕였다.

이렇게 가까이 있는 키요타카와 아오이의 모습은 약혼자를 넘어 부부 같았다.

"어차피 민폐라고 생각하고 있지?"

곁눈질하는 아키히토에게 키요타카는 훗, 하고 뺨을 누그러뜨렸다.

"그건 부정하지 않습니다만……."

"부정해!"

즉시 태클을 거는 아키히토를 보고 키요타카와 아오이는 웃었다.

엔쇼도 가만히 입가를 끌어올리고 있었다.

"그건 그렇고 '마루타케 에비스니, 조심해'라니, 즐거운 수수께끼 풀이네요."

"정말로. 지금부터 드라마 방송이 기대돼요."

"그래, 뭐니 뭐니 해도 내가 주연이니까."

아키히토는 주먹을 쥐고 하얀 이를 보였다.

아키히토 주연의 〈교토 나들이하기 좋은 날 사건 수첩〉에 무사히 오디션을 통과해 둘이 나란히 출연하게 된 베니사쿠라, 그것은 조금 뒤의 이야기.

장편(掌篇) 『코마츠는 보았다』

베니사쿠라가 돌아간 후.

아오이도 '저도 슬슬 쿠라로 돌아갈게요.'라며 일어섰기 때문에 키요타카는 배웅하러 밖으로 나갔다.

사무소에는 코마츠, 엔쇼, 아키히토 세 사람이 남았다.

아키히토는 오늘 밤 카라스마 시조에서 라디오 출연이 있는데, 그때까지는 시간이 있다고 했다. 머리 뒤로 깍지를 끼면서 "그건 그렇고." 하고 아키히토는 천장을 올려다봤다.

"아오이는 뉴욕, 코마츠 탐정 사무소는 상하이, 갑자기 글로벌하네."

"참말이데이."

엔쇼는 어깨를 으쓱거렸다.

방금 전까지 기분이 나빠 보였던 엔쇼지만 지금은 기분이 완전히 풀려 있었다.

이러니 저러니 해도 자신도 상하이로 동행하는 게 기쁜 것일지도 모른다.

"그러고 보니 이린, 예뻤지. 엔쇼, 그런 타입은 어때?"

"아가씨는 안 좋아한다."

"아, 그래? 아오이는 아가씨가 아니지."

"입 다물어라."

아키히토와 엔쇼의 대화를 들으면서 코마츠는 얼굴을 굳혔다.

……믿을 수 없지만 역시 엔쇼는 아오이에게 마음이 있는 듯했다. 하지만 이 문제에는 상관하지 않는 편이 좋겠다며 코마츠는 컴퓨터 화면으로 시선을 돌렸다.

잠시 작업하고 나서 담배 한 대 피우자면서 코마츠는 일어섰다.

"그러고 보니 형씨가 늦는군."

코마츠는 시계로 시선을 돌리며 중얼거렸다.

사무소 앞에서 아오이와 이야기 삼매경에 빠진 건가?

"어차피 그 녀석이니까 아오이를 쿠라까지 바래다주러 간 거 아닐까?"

"엥? 아직 밝은데?"

코마츠는 설마 그럴 리가 있겠냐면서 담뱃갑을 손에 들고 현관으로 향했다. 미닫이문을 열고 눈앞의 좁은 길을 확인했지만 키요타카와 아오이의 모습은 보이지 않았다.

아키히토의 말대로 그 남자는 여자친구를 굳이 테라마치 산조까지 바래다주러 간 듯했다.

"신사로군……."

아니, 신사를 넘어서 과보호야, 라고 작게 중얼거렸다.

"뭐, 급한 일도 없으니 상관없지."

코마츠는 밖으로 나가 담배를 물고 불을 붙인 후 담배 연기를 내뿜었다.

이 세상에서 흡연자는 입지가 좁다. 가족도 금연을 권하고 있지만 좀처럼 끊지 못했다. 하지만 흡연 양은 줄고 있었다. 식후에 한 개비, 그리고 이렇게 저녁에 밖으로 나와 한 개비를 피우는 것이 하루의 낙이기도 했다.

연기가 해질녘 하늘로 사라져가는 것을 멍하니 바라보면서 코마츠는 평소처럼 우편함을 열었다. 안에는 음식점에서 넣은 광고물뿐이었다. 이 근처에 있는 애완동물 가게의 전단지도 들어 있었다.

"동물은 충분해요. 특히 고양이."

코마츠는 중얼거렸다.

코마츠 탐정 사무소 건물과 옆 건물 사이에는 사람이 겨우 들어갈 정도의 틈이 있다. 전에 그곳에 들고양이가 정착한 적이 있었는데, 하필이면 발정기라 시끄러워 견딜 수 없어서 고생해서 인수자를 찾기도 했다.

지금은 더 이상 고양이가 들락날락할 수 없도록 나무판과 경첩을 써서 간이 문을 달았다. 하지만 고양이의 운동 능력은 얕볼 수 없다. 가끔 확인하지 않으면 어디선가 들어온다.

혹시 모르니 확인해두자, 또 고양이가 눌러앉으면 큰일이다.

코마츠가 그 나무판 문을 살짝 밀고 안을 들여다봤다.

"!"

순간 눈에 들어온 광경에 코마츠는 할 말을 잃었다.

키요타카가 아오이를 벽에 밀어붙이고 진한 입맞춤을 나누고 있었던 것이다.

"............"

코마츠가 물고 있는 담배를 떨어뜨릴 뻔할 만큼 입을 떡 벌리자 바로 그 시선을 눈치챈 키요타카는 아오이를 감추듯이 자신의 가슴으로 끌어안았다.

한편 키요타카에게 안긴 아오이는 이쪽의 시선을 눈치채지 못한 듯했다. 키요타카는 코마츠에게 곁눈질을 하며 마치 '쉿'이라고 말하듯이 입 앞에 검지를 세우고 싱긋 미소 지었다.

그 무언의 압력을 받자 코마츠는 고개를 연신 끄덕이고 소리를 내지 않도록 문을 원래대로 되돌렸다. 그리고 웅크리고 앉아 이마에 손을 댔다.

놀랐다. 발정기의 고양이가 아니라 남자가 있었다. 아무리 남에게 보이지 않는다고는 하나 이런 곳에서 연인과 사랑을 나눌 남자로는 결코 보이지 않았는데. 몇 분 전에 신사적이라고 생각했는데 정반대가 아닌가. 아니, 나이에 어울리는 젊은이인 건가?

아름다운 영애나 귀여운 아이돌을 앞에 두고도 냉정 침착하고 애늙은이 같은 형씨가 한 여자에게 걸리면 저렇게 되니 말이다.

뭐, 짧은 시간을 아까워하듯이 사랑을 나누는 건 조만간 두 사람이 제각기 해외로 가는 이유도 있기 때문일지 모른다. 이별을 아쉬워하는 연인 사이인 건가.

그렇지만 고작 2주 정도 아닌가.

하지만 그것도 해외 마법이라고 할 수 있을지도 모른다.

코마츠는 물고 있던 담배를 휴대 재떨이에 쑤셔 넣고 사무소 안으로 돌아갔다.

키요타카의 그런 모습을 보고만 그날 밤.

이번에는 엔쇼의 터무니없는 모습을 코마츠는 목격했지만 그것에 대해서는 다음 이야기에서 듣기로 하자.

본편

『아름다운 상하이루』

[1] 코마츠 탐정 사무소, 상하이로

1

상하이 출발 당일.

간사이 국제공항을 날아오른 것은 오후 2시였다. 상하이에는 오후 4시 반쯤에 도착할 예정이다.

약 두 시간 반의 비행. 신칸센으로 도쿄에서 오사카를 가는 정도의 시간이 걸려 상하이에 도착하는 것은 코마츠에게는 신기한 감각이었다.

"그런데 말이야."

코마츠는 지우 이린이 준비해준 비즈니스 클래스의 의자 위에서 몸을 꿈지럭꿈지럭 움직였다. 지금까지 인생에서 이코노미만 쭉 이용해왔다. 신칸센의 그린샤는커녕 케이한 전철의 프리미엄카조차 탄 적이 없다. 그런 궁핍성이 화근이 됐는지 앉은 적 없는 호화로운 의자가 왜 좋은지 알 수 없었다.

그런 코마츠의 왼쪽에 앉은 엔쇼가 질렸다는 듯이 곁눈질했다.

"아재, 조금 진정하는 건 어떤교."

요즘 엔쇼는 코마츠를 '아재'라고 부른다. 친밀함을 담았는지는 알 수 없지만……, 아마 그런 건 조금도 담겨 있지 않으리라.

"어, 어쩔 수 없잖아, 비즈니스는 처음이니까."

"내 역시 처음이다."

"그런 것치고는 아주 차분한데."

그렇게 말하고 오른쪽에 앉은 키요타카에게 시선을 보냈다.

키요타카는 역시 익숙한 기색으로 긴 다리를 느긋하게 꼬고 기내잡지를 읽고 있었다.

"형씨는 비즈니스에 익숙한가?"

"어차피 늘 타겠제."

엔쇼가 날카롭게 말했다.

"항상 타는 건 아니지만 마일리지가 쌓였을 때는 그걸 이용해 비즈니스로 업그레이드합니다."

키요타카는 할아버지이자 스승인 야가시라 세이지와 정기적으로 미술품 매입이나 감정 때문에 해외에 가고 있다고 들었다. 유럽이나 미국을 왕복하면 마일리지는 순식간에 쌓이는 법이다. 일로 가는 횟수만큼 어느새 마일리지가 쌓여서 비즈니스 클래스를 이용할 수 있다.

이렇게 세상의 승자가 생겨난다.

아무리 해도 불공평한 느낌이 사라지지 않아서 코마츠는 어깨를 늘어뜨렸다. 힘이 빠지니 겨우 시트에 몸을 맡길 수 있었다.

"난 해외는 꿈에 간 게 전부야. 그것도 신혼여행으로."

그때 만든 여권의 기한은 이미 지나 있었다. 하지만 한 번 이혼한 아내와 재결합할 때 두 번째 신혼여행을 떠나고 싶어서 여권을 새로 만들어놓았다.

그러나 재혼할 당시 코마츠 탐정 사무소는 '대마교 사건'을 해결한 평판 때문에 눈이 돌아갈 만큼 바빠서 해외는커녕 근처 온천에도 갈 수 없을 정도였다.

겨우 일이 잦아들기 시작했다고 생각하니 이번에는 너무 한가해졌다. 사무소의 짧은 버블경기가 종언을 고한 것이다. 돈이 전혀 없는 건 아니었지만 그래도 해외에 갈 마음의 여유는 사라지고 말았다.

모처럼 만든 여권도 장롱의 거름이 될 줄 알았는데 설마 이렇게 도움이 될 줄이야······.

참고로 한때는 밑바닥에 빠져 기온에서 철수하는 것도 생각했지만 키요타카와 엔쇼가 도우러 와준 덕분에 코마츠 탐정 사무소는 다시 회복하고 있다.

하지만 그것도 기간이 정해져 있다. 그들이 없어진 뒤에도 사무소를 꾸려갈 수 있도록 키요타카가 연결해준 인연을 소중하고 단단하게 일로 연결해서 인맥을 넓혀가야 한다.

그런 의미에서 이번 상하이 출장은 새로운 인연을 만날 기회라고 할 수 있으리라.

"상하이라……."

옆에서 엔쇼가 그리운 듯이 중얼거렸다. 코마츠는 얼굴을 돌렸다.

"엔쇼는 상하이에 간 적 있어?"

"15년 전에 간 적 있데이."

"그때는 너도 아직 10대였잖아? 여행으로?"

코마츠가 파고들며 묻자 엔쇼는 귀찮다는 듯이 머리를 문질렀다.

"아버지 대신 잠시 갔다 왔다."

키요타카는 뭔가를 떠올린 듯이 맞장구를 쳤다.

"그러면 그때 쑤저우에도 간 건가요?"

그 질문을 받고 엔쇼는 살짝 놀란 듯이 눈을 크게 떴다. 하지만 바로 "그렇데이." 하고 간단히 대답했다.

쑤저우는 '동양의 베네치아'라고 불리는 운하가 아름다운 도시다.

상하이에서 그리 멀지 않아서 고속열차라면 30분 만에 도착한다나.

어째서 키요타카는 당시의 엔쇼가 쑤저우에도 갔다고 생각한 걸까?

코마츠는 희미한 의문이 생겼지만 '뭐, 형씨는 마음을 읽을 수 있는 남자니까.' 하고 거기서 생각을 멈췄다.

옆을 힐끗 보니 엔쇼는 쓸데없는 말을 했다는 듯이 팔과 다리를 꼬고 눈을 감고 있었다.

"…………."

코마츠는 전에 키요타카에게 들은 적이 있었다.

엔쇼의 아버지는 실력이 상당히 좋은 화가였다고 한다. 하지만 알코올의존증에 걸려서 받은 착수금을 모두 술에 쏟아붓는 바람에 그림을 그릴 수 없는 상태가 되었다고. 아직 어렸던 엔쇼는 자신이 살아가는 데 위기감을 느끼고 아버지와 똑같은 그림을 완성시켰다. 거기서부터 그의 위작 제작이 시작됐다고 한다…….

문득 예전 일이 떠올랐다.

우연히 보고만 것이다.

* * *

그것은 이린이 찾아온 날 밤의 일이다.

코마츠, 키요타카, 엔쇼 세 사람은 오늘은 이만 해산하자며 사무소를 닫고 밖으로 나갔다.

키요타카는 이대로 쿠라로 간다고 한다.

엔쇼는 동네를 어슬렁대다 돌아간다고 했다.

"아, 그렇지. 아츠코 씨가 말했던 날치기를 보면 부탁해."

헤어질 때 코마츠가 그렇게 말하자 키요타카와 엔쇼는 알았다는 듯이 고개를 끄덕이고 제각기 흩어졌다.

두 사람의 뒷모습을 배웅하고 코마츠가 케이한 전철을 타는 역으로 향하려 할 때 아내에게서 메시지가 도착했다.

— 고등어 초밥, 잊지 마.

그 메시지를 보자마자 코마츠의 입에서 '아악.' 하고 목소리가 새어나왔다.

오늘 아침 아내가 퇴근할 때 이즈우의 고등어 초밥을 사다 달라고 부탁했던 것이다. 참고로 '이즈우'란 창업한 지 200여 년이 되는 기온에 있는 유명 초밥가게다. 코마츠의 아내는 이즈우의 초밥을 아주 좋아해서 가끔 부탁하는 경우가 있었다.

"완전 잊어버렸네. 가게가 아직 하고 있으려나."

아내에게 혼이 나겠다면서 황급히 스마트폰을 꺼내 영업시간을 확인했다. 생각했던 것보다 늦게까지 하고 있었다.

역시 기온의 초밥집, 하고 바로 가게에 전화를 걸어 고등어 초밥 포장을 부탁했다. 이로써 안심이라며 코마츠는 마음을 가라앉히고 가게가 있는 타츠미다이묘진 쪽으로 향했다.

그때였다.

사람들로 북적한 시조 길에 '누가 내 백 좀 찾아줘요!'라는 비명 같은 목소리가 울려 퍼진 것은…….

코마츠는 바로 소란스러운 쪽으로 달렸다.

에르메스 버킨 백을 끌어안은 남자가 시조 길을 서쪽을 향해 달려오는 모습이 보였다. 모자에 선글라스, 마스크도 끼고 있어서 얼굴은 알아볼 수 없었다.

주위 사람들은 어떻게든 행동하고 싶다고 생각하면서도 움직이지는 못하고 있었다. 코마츠가 그 남자를 붙잡으려고 달려 나갔을 때 그 날치기가 갑자기 넘어졌다. 무슨 일인가 싶어 응시하니 아무래도 엔쇼가 발을 걸어 넘어뜨린 듯했다.

바로 손에 들고 있는 백을 빼앗아 내던지듯이 여성에게 돌려주며 말했다.

"자, 백이데이, 아지매."

여성은 백이 돌아와 기쁜 표정을 지었지만 다음 순간 쇳소리를 냈다.

"잠깐, 아지매라니 무슨 소리야!"

"뭐고, 은인한테 그런 소리를 하는 거가."

"다, 당신이야말로 여성에게 그런 말투는 뭔데!"

여성과 엔쇼가 말다툼을 벌이는 사이에 날치기는 재빨리 일어나 북쪽을 향해 도망치기 시작했다.

"아, 기다리래이!"

엔쇼는 바로 날치기의 뒤를 쫓았다. 코마츠도 뒤따랐다.

엔쇼가 날치기를 붙잡은 것은 타츠미 다리 근처의 뒷골목이었다.

코마츠가 따라잡을 무렵에는 날치기가 끼고 있는 선글라스와 마스크를 잡아떼는 엔쇼의 모습이 멀리서 보였다.

바로 엔쇼에게 달려가려 했지만 발걸음을 멈췄다. 남자의 얼굴을 확인하자마자 엔쇼가 얼어붙은 듯한 표정을 지었기 때문이다.

"여, 신야, 오랜만이다."

신야란 엔쇼의 본명. 날치기는 아는 사람인 듯했다.

코마츠는 상황을 살피기 위해 뒷골목 입구에서 가만히 들여다봤다.

"니…… 뭐 하는 기고."

"뭐라니, 돈 있는 사람들한테 백이나 보석을 공짜로 거둬들여 그 계통에 파는 일을 하고 있지."

엔쇼는 어처구니가 없다는 듯이 이마에 손을 대고 코웃음을 쳤다.

"뭔데, 거기까지 추락한 거가."

"네 탓이잖아!"

남자는 그렇게 소리치며 엔쇼를 밀치고 몸을 일으켰다.

"멋대로 위작 제작을 그만둬서 나한테는 엄청나게 민폐라고. 출가까지 해서 우리는 아무 말도 할 수 없었지. 하지만 어느새 절을 나와 자수까지 하고 말이야! 얼마나 폐를 끼쳐야 속이 시원해! 너 때문에 우리는 지금 이런 꼴이야. 매일같이 키타신지에서 유유자적 맛있는 거 먹고 비싼 술을 마시던 우리가."

"그딴 건 내 알 바 아이다. 키타신지의 맛있는 음식도 술도 내 위작으로 번 돈으로 구한 거데이."

엔쇼는 풀이 죽은 기색으로 일어나 남자에게서 등을 돌렸다.

"뭐, 상관없다. 전부 용서할게. 하지만 신야. 그 대신 부탁한다. 다시 그려주지 않겠어? 딱 한 번이면 돼. 우린 그걸 우리 인생을 만회할 자금으로 삼을게."

매달리듯이 말하는 남자에게 엔쇼는 아무 말도 하지 않았다.

"옛날의 고명한 작가가 아니라도 괜찮아. 현대의 인기 있는…… 그렇지, 뱅크시는 어때? 억 단위로 팔 수 있는 그림이야. 너라면 그걸 똑같이 그릴 수 있을 거야."

"미쳤나. 살아 있는 작가의 위작을 그렸다가 본인이 그리지 않았다고 의사 표명이라도 하면 끝이데이."

"그러면 바스키아나 아시야 타이세이의 작품은 어때? 그 녀석들은 이미 죽었고 일부에서는 엄청난 인기가 있잖아!"

남자가 더욱 다가서자 엔쇼는 힘차게 몸을 돌려 남자의 멱살을 쥐고 그 몸을 들어올렸다.

"잘 들어라, 내는 두 번 다시 위작에 손 안 댄다. 두 번 다시 말이다!"

코끝이 닿을 거리에서 그렇게 말하고 엔쇼는 손을 놓은 다음 발걸음을 돌렸다.

남자는 어지간히 무서웠는지 그 자리에 주저앉아 한동안 움직이지 않았다.

코마츠는 떠나는 엔쇼의 모습을 바라보며 말을 걸 수 없어서 그 자리에 머물렀다.

* * *

"…………."

과거에 엔쇼는 살기 위해 위작 제작에 손을 대며 언더그라운드 세계를 살아왔다. 죄를 후회해 출가했지만 키요타카와 만남으로써 자신의 격정을 억누르지 못하게 되어 속세로 돌아왔고, 다시 위작 제작을 시작했다.

하지만 그런 엔쇼를 올바른 길로 이끈 것도 키요타카였다.

아니, 키요타카와 아오이 두 사람인가…….

코마츠는 멍하니 그런 생각을 하다가 키요타카의 말을 듣고 제정신을 차렸다.

"코마츠 씨, 이제 와서 새삼스럽지만 글로벌 와이파이 준비는 하셨나요?"

"응, 저쪽에서 쓸 수 있는 유심 카드를 준비해놨어."

중국에서는 일본의 인터넷을 거의 쓸 수 없다. 라인도 트위

터도 페이스북도 이용할 수 없는 것이다. 그래서 글로벌 와이파이를 공항 등에서 빌리거나 전용 선불 유심 카드를 살 필요가 있다.

"미안하지만 인터넷에는 빠삭해. 그 정도는 알고 있어."

'오히려 그게 전문인데.' 하고 코마츠는 시무룩해졌다.

"물론 알고 있지만 코마츠 씨가 깜빡할 것 같아서요."

"깜빡하다니."

그러자 엔쇼가 "그렇제." 하고 동의했다.

"아재는 얼간이니 중국에 도착해서도 여러모로 조심하는 편이 좋다."

"얼간이라고 하지 마. ……조심하라니?"

"베이징도 상하이도 그렇지만, 주위가 뿌예질 만큼 공기가 나쁘고 도로의 움푹 팬 곳은 쓰레기통 상태라. 애초에 우리 일본인은 봉이데이."

"역시 그런가."

"하모. 아재 같은 얼간이는 먹잇감으로 딱이다."

"말이 지나치잖아."

코마츠가 얼굴을 찌푸리는 옆에서 키요타카가 큭큭 웃었다.

"먹잇감은 말이 지나치네요. 그리고 엔쇼가 하는 말은 15년 전 얘기죠? 지금의 상하이는 전혀 달라요."

"그런가? 교토는 몇십 년이 지나도 똑같은데."

"⋯⋯교토와 똑같이 생각하지 맙시다. 교토는 좋든 나쁘든 큰 변화를 피하고 사원이나 옛날의 좋은 거리를 보호하기 위해서 수도를 도쿄로 양보한 거니까요."

"양보했다니, 뭐고."

"형씨는 여전하군."

코마츠는 어깨를 흔들며 웃었다.

"뭐, 일반 도시는 십수 년 만에 훌쩍 바뀌는 법이지. 중국은 특히 그렇고."

코마츠는 그렇게 말하면서도 엔쇼가 말한 중국의 모습 쪽이 자신 안에 있는 이미지와 매치되기 때문에 키요타카의 말을 믿지 못했다.

아무리 변했다 해도 역시 여전히 어수선하고 치안이 나쁘고 쓰레기도 많을 게 분명했다.

2

무사히 약 두 시간 반의 비행을 마치고 상하이 푸동 국제공항에 도착했다.

중국의 허브 공항답게 비교적 큰 공항이다. 도시의 공항 안 분위기는 어디나 비슷해서 신기함은 느껴지지 않았다. 다만 익숙한 한자나 익숙하지 않은 생략된 한자(간체자)를 보는 건

신선해서 '중국에 왔다'는 실감이 샘솟았다.

"저기 봐봐. '출구'라고 똑바로 써 있어. 일본과 똑같아."

코마츠는 어린아이처럼 주위를 둘러보며 걸었다.

그런 코마츠를 키요타카는 따뜻한 시선으로 지켜봤고, 엔쇼는 "어린아도 아이고." 하고 어깨를 으쓱거렸다.

여권도 코마츠가 약 20년 전에 썼던 때와는 달랐다.

IC칩이 내장되어 입국 심사 때는 얼굴 인증을 진행했다.

"여권도 꽤나 기술이 발전했군."

그렇게 나직하게 중얼거리는 코마츠의 말을 듣고 이번에는 키요타카가 어이없다는 표정을 지었다.

"당신이 그런 말을 하는 겁니까……."

코마츠의 전직은 실력 좋은 해커였다. 지금도 필요하면 법에 저촉되지 않는 범위에서 인터넷을 사용해 정보를 입수하는, 이른바 IT의 프로페셔널이다.

이제 와서 새삼 여권의 진화에 놀라느냐면서 키요타카는 어깨를 으쓱거렸다.

"지식으로는 알고 있었지만 직접 경험하는 건 또 다른 거야."

그런 이야기를 나누면서 입국 수속을 마치고 게이트를 빠져나갔다.

"야가시라 키요타카 님."

그때 한 남성이 눈앞에 다가와 키요타카를 앞에 두고 인사했다.

나이는 20대 후반일 것이다. 검은 슈트에 하얀 장갑을 끼고 안경을 쓰고 있었다. 외모는 시원시원한 인상이다.

네, 하고 키요타카는 대답했다.

"야가시라 키요타카 님과 일행분이시군요. 안녕하십니까, 지 루이라고 합니다. 이린 님의 지시로 모시러 왔습니다. 호텔까지 안내해드리겠습니다."

지 루이라고 밝힌 이린의 사용인은 그렇게 말하고 다시 머리를 숙였다.

"감사합니다. 루이 씨가 마중 온다는 말은 이린 씨에게 들었습니다. 잘 부탁합니다."

키요타카는 평소처럼 부드럽게 대답했다.

"저야말로 잘 부탁드립니다. 이쪽으로 오십시오."

루이는 다시 한번 머리를 숙이고 걷기 시작했다. 세 사람은 그 뒤를 따랐다.

"루이 씨는 일본어를 아주 잘하시는군요."

"일본에서 유학한 적이 있습니다. 지우 집안에서는 외국 손님을 맞이할 때 그 나라 언어를 구사할 수 있는 사람이 담당하도록 방침이 정해져 있습니다. 주인님은 어학에 크게 중점을 두고 계십니다."

"그랬군요. 그래서 이린 씨도 어학에 능통한 거네요."

키요타카는 납득한 듯이 고개를 끄덕였다.

공항을 나가니 검은 롤스로이스가 대기하고 있었다.

"어서 타십시오."

루이가 뒷좌석의 문을 활짝 열었다.

"설마 이런 고급차로 마중 나올 줄이야……."

코마츠가 멍하니 롤스로이스를 응시했다. 차체는 얼굴이 비칠 만큼 잘 닦여 있었다. 슈퍼카를 포함해 고급차에 동경을 품는 세대다.

키요타카는 감사합니다, 라고 인사하고 "코마츠 씨, 어서 타세요." 하고 코마츠에게 시선을 보냈다.

"으, 으응. 그럼 그렇게. 이런 고급차에 타는 건 처음이야."

코마츠는 엉거주춤하면서 롤스로이스에 올라탔다. 상상 이상으로 시트의 승차감이 좋아서 자연히 눈꼬리가 내려갔다.

코마츠에 이어서 키요타카가 올라타려 하자 엔쇼가 그것을 막았다.

"댁은 일단 내 임시 스승이니 한가운데 앉는 건 내다."

그렇게 말하고 엔쇼는 한가운데 자리에 앉았다.

코마츠는 조금 놀랐다. 확실히 이렇게 차에 탈 경우 연소자나 위치가 낮은 사람이 좁은 한가운데 자리에 앉는 법이다. 나이로는 키요타카가 가장 젊지만 위치는 스승인 키요타카가 엔쇼보다 위. 그러나 스승이라 해도 '임시'이고, 더군다나 엔쇼는 인정하지 않는다고 버티고 있었다. 하지만 지금 엔쇼는 '일단 내 임시 스승'이라고 말했다. 키요타카를 인정했다는 뜻이리라.

영원히 계속되지 않을까 했던 두 사람의 볼썽사나운 언쟁, 사이에 껴서 살아 있다는 느낌도 들지 않았던 (짧은) 나날을 떠올리자 코마츠의 눈시울이 뜨거워졌다.

하지만 당사자인 키요타카는 유쾌한 듯이 웃으면서 차에 올라타 "그렇군요." 하고 팔짱을 꼈다.

"이 뒤에 어쩌면 야나기하라 선생님을 만나 뵐지도 모르고 말이에요."

야나기하라 시게토시는 엔쇼의 진짜 스승이다. 그도 이번에 감정사로 이 상하이에 초청받았다고 한다. 그런 진짜 스승에게 키요타카를 인정하지 않는 장면을 보이는 것은 엔쇼로서도 난처하리라. 즉 키요타카를 인정하는 것이 아니라 야나기하라를 의식한 퍼포먼스라는 뜻이다.

"…………"

정곡을 찔렀는지 엔쇼는 아무 말 없이 뚱하게 있었다.

그도 꽤나 알기 쉬운 남자다.

"하지만 뒷좌석 한가운데가 좁다는 상식은 이 차에는 해당되지 않는군."

이 롤스로이스는 뒷좌석이 평평하게 만들어져 있어서 성인 남성 세 명이 나란히 앉아도 충분히 여유가 있었다. 달리기 시작한 차는 흔들림이나 소음을 내지 않고 쾌적하게 주행했다.

코마츠는 근사한 기분을 맛보며 창밖으로 눈길을 힐끗 돌렸다. 자신들이 탄 차가 주위의 주목을 받고 있을지도 몰랐다. 하지만 차도를 달리는 차의 대부분이 포르쉐나 벤츠와 같은 고급 외제차뿐이었다. 옆으로 보라색 페라리가 달려가며 이 롤스로이스보다 주위의 시선을 끌었다.

"……그건 그렇고 고급차의 비율이 꽤나 높군."

그러네요, 하고 키요타카는 맞장구를 쳤다.

"요즘의 중국, 특히 상하이나 베이징에서는 고급 외제차를 타는 사람이 아주 많답니다."

"역시 거품. 우오, 링컨이야."

코마츠는 다시 창문에 달라붙었다.

"그래도 비율로 따지면 교토 시내도 고급 외제차가 많다 아이가."

"뭐, 할아버지도 그렇지만 교토에도 외제차를 좋아하는 사람은 많죠."

키요타카와 엔쇼가 그런 이야기를 나누고 있는데 코마츠가 갑자기 "아악!" 하고 얼빠진 소리를 냈다.

"지금 고속 열차가 말도 안 되는 속도로 달려갔어!"

"아아, '상하이 트랜스래피드'네요."

"상하이 트랜스……?"

"자기 부상 열차예요. 실제로 달리는 모습은 TV에서 보는 것보다 훨씬 속도감이 있네요."

키요타카는 순식간에 달려가는 자기 부상 열차를 바라보면서 살짝 눈부시다는 듯이 말했다.

"그렇구나, 중국은 벌써 달리고 있는 거로군. 빨리 일본도 개발하면 좋겠어."

고급차도 그렇지만 고속 열차도 좋아하는 세대다. 자기 부상 열차라는 말을 듣고 가슴이 뛰지 않을 리가 없다.

"네. 당장은 어렵겠지만, 가능하면 교토에도 하면 좋겠네요."

"오사카에 하면 교토에는 하지 않아도 상관없다 아이가. 가까우니까."

"……가깝다고 하면 가까울지도 모르지만 그래도 오사카는 오사카, 교토는 교토. 교토는 세계의 관광지고."

천천히 얼굴을 들고 양보할 수 없다는 듯이 미소 짓는 키요타카를 보고 코마츠와 엔쇼는 저도 모르게 입을 다물었다.

"형씨 같은 사람이 있으니까 정차역으로 다투는 거겠지."

"참말이다."

그렇게 말하고 둘이 동시에 어깨를 으쓱거렸다.

차는 상하이의 시가지로 들어가서 난징둥루를 지나 호텔로 향하고 있었다.

이 경로가 가장 짧지는 않은 듯했다. 아마 루이는 상하이의 명소를 보여주기 위해서 굳이 이 길을 달리고 있을 것이다.

난징둥루는 상하이 제일의 번화가다. 차도에서도 보이는 넓은 보행자 천국에는 수많은 사람이 넘쳐났고, 전동 카트가 사람들 속을 가르듯이 달리는 모습이 보였다.

상하이에서 가장 오래된 백화점 '제일 백화점'이나 노포 보석점 '노은상은루'를 바라보면서 코마츠는 "중국의 도시라는 느낌이로군." 하고 중얼거렸다.

"아아, 보세요. '상하이 신세계 다이마루 백화점', 다이마루 상하이점이에요."

키요타카는 차창 저편으로 보이는 시크한 석조 건물을 가리켰다.

"다이마루는 상하이에도 있구먼."

엔쇼는 감탄한 듯이 말했다.

"네, 출점은 2015년이고, 고급스러움과 엔터테인먼트성을 갖춘 고급 백화점을 콘셉트로 부유층을 타깃으로 삼고 있다고 합니다. 용을 이미지한 나선 계단이 화제를 불렀다나요."

"역시 한때 다이마루에 있던 사람답게 잘 아는군."

"네, KKP(옛도읍 교토 프로젝트)였으니까요."

그렇게 말하며 키요타카는 가슴에 손을 얹었다.

이윽고 차는 '와이탄'으로 들어가 황푸강 연안에 있는 호텔에 도착했다. 타워 호텔이라 할 수 있는 고층 호텔로, '텐디(天地)'라는 이름이 붙어 있었다.

일행은 앞장서는 루이를 따라 로비로 들어갔다. 체크인 수속도 없이 호텔 직원이 루이에게 방 열쇠를 건넸다.

38층까지 있는 호텔로, 안내받은 곳은 25층의 방이었다. 창문으로 와이탄의 거리는 물론 반대편에 있는 푸동의 경치, 불빛이 비치는 동방명주 전시탑이나 상하이 타워를 바라볼 수 있었다. 여성이라면 넋을 잃을 게 틀림없는 멋진 위치였다.

이런 더할 나위 없는 방을 준비한 건 아주 고맙고 황송하지만 문제가 하나 있었다.

"우째서 셋이 같은 방이고?"

엔쇼의 작은 중얼거림에 관해서는 동감이었다.

하지만 여기는 스위트룸. 거실 이외에 침실이 세 개나 있어서 제각기 다른 방에서 잘 수 있는 건 고마웠다.

"뭐, 침실은 따로 있으니 괜찮네."

코마츠가 달래듯이 작은 목소리로 말했다.

"멋진 경치네요."

그 옆에 있던 키요타카로 말하자면, 테라스로 나가 기쁜 듯이 경치를 구경하고 있었다.

그러자 루이가 한 걸음 앞으로 나와 강 저편을 가리켰다.

"저 건물이 '상하이루'입니다."

"상하이루?"

코마츠와 엔쇼가 얼굴을 돌렸다.

"주인님의 회사인 타워 빌딩입니다. 작년에 지어졌고, 이 상하이에서는 '상하이루'라고 불리고 있습니다. 내일은 저곳에서 인사 파티를 열 예정입니다."

모두는 흐음, 하고 맞장구를 쳤다.

"그리고 이곳은 주인님이 경영하는 호텔이니 레스토랑이나 바는 물론 관내의 시설, 릴렉세이션 룸, 풀과 피트니스 클럽 등을 모두 자유롭게 이용하십시오. 내일은 오후 2시에 상하이 박물관에 초청 감정사가 모일 예정입니다. 1시 반에 로비로 모시러 오겠습니다."

그러면 푹 쉬십시오, 라고 인사하고 루이는 방을 나갔다.

"여기, 지우 씨의 호텔이었던 거로군."

호텔까지 소유하고 있다는 사실에 놀랐지만, 생각해보니 지우 씨는 세계적인 부호다. 무엇을 가지고 있어도 이상하지는 않았다.

"정말로 상하이루가 잘 보이네요."

발코니에서 키요타카가 말했다.

여기서 보니 원추형의 길쭉한 탑이다. 색은 하얗고 정점은 돔 형태이며, 꼭대기가 안테나처럼 뾰족했다.

해가 지기 시작하는 하늘 아래, 불빛에 비치는 모습이 아름다웠다.

"아직 신축이라 번쩍번쩍하군."

코마츠는 손을 이마에 대며 상하이루를 바라봤다.

"마치 불사리탑 같군요."

불사리탑이란 구조는 돔 모양이고 정점에 상륜이 있으며 석가의 유골을 보관하고 있(다고 하)는 불교 건축물이다.

"아, 확실히 꼭대기 부분은 그런 느낌이야."

"참말이데이. 불교인가?"

그렇게 이야기하는 코마츠와 엔쇼에게 "그럴지도 모르겠네요."라면서 키요타카는 웃으며 얼굴을 돌렸다.

"그보다 배가 고프네요. 저녁을 먹으러 갈까요?"

"그러지."

"호텔 레스토랑을 마음대로 써도 된다고 했고 말이야."

코마츠는 고마운 말이라면서 손을 비볐다.

"네, 고맙지만 너무 극진한 대접도 기가 죽으니 오늘 밤에는 밖으로 먹으러 갈까요? '신텐디'에 추천하는 가게가 있습니다."

싱긋 미소 짓는 키요타카에게 두 사람은 "뭐, 상관은 없어." 라며 고개를 끄덕였다.

세 사람은 호텔을 나와 와이탄의 거리를 산책하며 지하철 역으로 향했다.

와이탄은 영어로는 '번드'라고 불리는 거리다. 'Bund'는 축제(築堤), 부두에서 왔다고 한다. 약 100년 전에 '동양의 월가'라고 불렸던 거리이자 그 당시부터 있었던 고전적인 서양 건축물이 줄지어 있는 구역이다.

오랜 역사가 있는 건축물을 수리해서 부티크나 레스토랑으로 사용하고 있다고 한다. 고색창연한 거리이면서 근대적이고 서양을 연상시키지만, 그런 현대적인 분위기 속에 한자 간판이 솟아 있었다. 어딘가 신비로운 광경이다.

"그건 그렇고 꽤나 세련된 거리로군."

코마츠는 유럽의 거리를 걷고 있는 것 같다고 중얼거렸다.

한편 엔쇼는 미간에 주름을 지으며 주위를 둘러보고 있었다.

"엔쇼, 왜 그러나요?"

"아니, 뭐랄까 내가 아는 상하이랑 다르다. 쓰레기가 전혀 안 보이고."

주위를 둘러보니 마치 모 테마파크처럼 곳곳에서 청소원이

거리를 청소하고 있었다. 살짝 움푹 파인 거리는 쓰레기통처럼 됐던 15년 전과는 전혀 다른 거리의 모습을 보고 엔쇼는 당황한 듯했다. 공기도 맑아서 가져온 마스크를 꺼낼 필요도 없을 것 같았다.

"그리고 옛날과 달리 길 가는 사람들의 눈이 반짝거리고 있어. 위험한 분위기가 전혀 없데이."

"네, 요즘 중국의 도시는 많이 바뀌었어요. 정말 풍족해졌죠. 풍족해지면 강도 같은 게 줄어들죠. 그러니 저절로 치안도 좋아지는 겁니다."

결국 돈이 사람의 마음도 풍족하게 만든다는 걸까?

항상 여유가 있는 키요타카와 어딘가 날카로운 엔쇼. 그것도 성장 과정에서 온 것일까?

어쩔 수 없는 불공평함을 느끼고 코마츠는 괴로운 기분이 들었다.

"'일부가 먼저 부자가 되는 것을 인정해 가난한 사람이 따라 배우게 해야 한다'네요."

키요타카가 후훗, 하고 웃자 "그게 뭐야." 하고 코마츠와 엔쇼는 고개를 돌렸다.

"이 나라의 정치가 덩샤오핑이 70년대 후반에 발표한 말, '선부론'입니다. 그는 우선 상하이의 중심부를 부유하게 만들려고 했어요. 한 곳이 부유해지면 가난한 자를 도울 수 있고,

무엇보다 부유한 땅에 이끌리는 법이라고."

"그렇군."

코마츠는 납득하며 손뼉을 쳤다.

"전체를 조금씩 향상시켜가는 것보다 우선 한 곳을 집중 지원해 개혁하면 전체가 그곳을 목표로 노력하는 거로군."

"네, 그래서 덩샤오핑은 '현대 중국을 만든 사람'이라고 불리게 되었습니다. 자, 이 황푸강의 반대편을 보세요."

강변에 난 길로 나가 키요타카는 건너편 강가를 올려다봤다.

황푸강이라는 강 저편에는 상하이의 상징인 동방명주 전시탑이나 상하이 타워가 보였다.

"호텔 방에서도 볼 수 있는데, 저 전파탑이 있는 지구가 '푸동'입니다."

"중국 부촌의 중심지구먼. 모리 빌딩도 저기 있겠제."

엔쇼는 손을 이마에 대고 푸동의 타워 빌딩 무리를 올려다봤다.

"여기서 보이는 경치는 그야말로 TV에 자주 나오는 'THE 상하이'로군."

코마츠는 건너편 강가의 타워 빌딩 무리를 향해 절경이라면서 양손을 펼쳤다.

"덩샤오핑은 우선 푸동의 개발에 착수했습니다. 당시에는 저 땅의 대부분이 국영 농장의 미개발 지역이라 공백 지대였다고 합니다. 그곳을 국제적인 경제, 금융, 무역 중심지로 삼으려 하는 구상으로, 그것이 성공했습니다."

키요타카는 대단하다고 말한 후 난간으로 팔을 뻗었다.

"이것이야말로 '색즉시공, 공즉시색'이군요."

그리고 뜨겁게 중얼거렸다.

"색즉시공, 공즉시색?"

'왜 여기서 반야심경이?'라고 생각하며 코마츠는 고개를 갸웃거렸다.

그러자 엔쇼가 대답했다.

"간단히 말하자면, '색즉시공, 공즉시색'의 '색'은 '눈에 보이는 것'. 그리고 '공'이란 '보이지 않는 것'을 가리킨다. 뭐, 바꿔 말하자면 '보이는 것은 곧 보이지 않고, 보이지 않는 것은 곧 보인다'는 뜻이데이."

코마츠는 하아, 하고 얼빠진 소리를 냈다.

엔쇼가 이런 것을 가르쳐주는 것은 의외였지만, 생각해보면 그는 한때 절에서 수행을 했던 몸이다. 이미 잘 알고 있을 것이다.

하지만 그 설명으로는 감이 오지 않았다. 그것을 눈치챈 듯이 키요타카가 검지를 세우고 보충 설명을 했다.

"더 간단히 말하자면 '있지만 없고, 없지만 있다'는 뜻입니다."

"있지만 없고, 없지만 있다."

간단해졌지만 의미를 보면 더 난해해진 것 같았다.

"코마츠 씨, 눈에 보이지 않는 것을 믿나요?"

갑자기 그런 질문을 받고 코마츠는 당황해서 머리를 긁적였다.

"아니, 별로 믿지는 않아. 유령도 안 믿고."

"그런 것만이 눈에 보이지 않는 것은 아닙니다. 누군가를 '좋아하는' 감정이나 '싫어하는' 감정, 가족을 생각하는 '마음'도 눈에 보이지 않는 것입니다. 하지만 분명히 있습니다."

"뭐, 그건 그러네."

"이 세상은 눈에 보이지 않는 것이 먼저 있고, 그것이 눈에 보이는 것으로 이어집니다."

하는 말은 알 것 같지만 감이 확 오지 않아서 코마츠는 무의식적으로 고개를 갸웃거렸다.

"예를 들어 '이 강에 다리를 놓고 싶다'는 마음이 먼저 있어야 실제로 다리가 생기게 됩니다. 즉 처음에 '눈에 보이지 않는 마음'이 있고 그 뒤에 '눈에 보이는 형태'가 되는 겁니다. 이 세상의 모든 것은 눈에 보이는 것이 전부인 듯하지만, 실제로는 눈에 보이지 않는 것이 있다는 뜻입니다. 눈에 보이지 않는 것, 눈에 보이는 것은 전혀 다른 것 같지만 하나의 선으로 이어져 있는……."

"……그게 있지만 없고, 없지만 있다. '색즉시공, 공즉시색'이라는 거군.”

코마츠는 조금 납득하고 고개를 세로로 흔들었다.

“그렇다면 이 세상의 모든 것은 동등하다는 이야기가 됩니다. 뭐, 이건 어디까지나 제 해석입니다만.”

키요타카는 그렇게 보충했다.

“그런 건 전부 자신의 해석이면 충분하지 않나? 진리도 그런 거겠제. 거기에 공감하느냐 마느냐는 각자의 문제데이.”

그런 식으로 말하는 엔쇼는 역시 승려였던 사람다웠다.

“그런데 형씨가 그런 얘기를 하는 걸 들을 때마다 신심 깊은 사람이라는 생각이 드는데, 그렇지도 않은 거지?”

“물론 제 마음속에 신앙심 같은 것은 있지만, 그건 어딘가의 가르침에 적용될 수 있는 것이 아닙니다. 무엇보다 제가 귀의할 곳은 아름다운 것, 예술입니다.”

싱긋 미소 짓는 키요타카의 모습은 여전히 아름답고 어딘가 무서워서 등줄기가 선뜩해졌다.

자신이 믿고 사랑하는 예술을 위해서라면 뭐든지 할 것 같다고 생각하는 건 지나친 생각일까?

“엔쇼는 한때 난젠지에 있었다고 했으니까 임제종인가?”

문득 스친 생각을 떨쳐버리듯이 코마츠는 엔쇼 쪽을 돌아봤다.

“거기에 들어간 건 우연이데이.”

엔쇼는 그 이상의 설명은 귀찮다는 기색으로 머리를 긁적이고는 반대편에 있는 푸동과 와이탄의 거리를 빙 둘러봤다. 그리고 입가를 끌어올렸다.

"그건 그렇고 그 상하이가 이렇게까지 될 줄이야."

과거의 상하이를 아는 엔쇼는 살짝 기쁜 듯이 말했다.

그것은 그야말로 '색즉시공, 공즉시색'의 구현화.

'이 거리를 이렇게 만들고 싶다'는 마음, 비전이 있으면 그것이 눈에 보이는 형태로 펼쳐진다는 뜻이다.

명확한 마음은 실현된다.

그렇게 생각하면 시작이 어떻든 상관없을지도 모른다. 아까 코마츠의 마음속을 차지했던 불공평함이 옅어지기 시작했다.

키요타카는 반대편 강가를 바라보며 나직하게 중얼거렸다.

"이 경치를 보여주고 싶네요."

키요타카가 입에 담은 그 작은 목소리는 곁을 떠나 있던 엔쇼에게는 들리지 않은 듯하지만 코마츠의 귀에는 들렸다.

누구에게, 라고 묻는 것은 어리석으리라. 키요타카는 아오이를 생각해 말한 것이다. 이국땅에 와서도 키요타카는 여전했다. 교토에 있을 때처럼 그 땅에 얽힌 것을 이야기하고 멋지다고 감탄한다. 그리고 아오이를 떠올린다.

"형씨는 어디까지나 형씨로군."

코마츠는 웃었다.

"뭐가 말입니까?"

"확고하다고 해야 할까."

"아오이 씨에게 '예상했던 홈즈 씨'라는 말을 자주 듣습니다."

"그렇군, 예상했던 형씨야."

키요타카는 후훗, 하고 웃고 "아아 저기가 지하철역이네요." 라며 '난징둥루역'을 가리켰다.

세 사람은 지하로 이어지는 계단을 내려가 난징둥루역에서 10호선 전철에 승차했다. 중국의 지하철은 과연 안전할지 걱정했지만 생각했던 것 이상으로 깨끗하고 설비가 갖춰져 있었다.

하지만 일본의 감각으로 멍하니 차량에 올라타려 하니 출발 시간이 되자마자 가차 없이 문이 닫히고 말았다.

코마츠는 문에 세게 낄 뻔해서 "우악." 하고 소리를 내며 차량에 올라탔다.

"괜찮으세요, 코마츠 씨?"

"아재, 참말로 얼간이데이."

"팔을 살짝 부딪쳤을 뿐이야. 괜찮아."

문에 부딪친 팔을 문지르며 코마츠는 다시금 시간이 다소 지나도 난폭하게 사람을 문에 끼울 걱정이 없는 일본 전철의 다정함에 감사하는 마음을 품었다.

전철은 바로 '신텐디역'에 도착해서 세 사람은 하차했다.

이어진 쇼핑몰의 밖으로 나가 거리로 들어갔다. 밖은 완전히 어두워졌지만 빌딩 네온사인의 밝은 빛이 눈부셨다. 불빛이 비치는 근대적인 건물과 함께 벽돌이나 석조 건물이 줄지어 있고 녹음도 많은 레트로 모던한 거리였다.

"오모테산도냐……."

"하모, 아오야마 부근 같은 느낌이데이."

주위를 둘러보면서 코마츠와 엔쇼는 휴우우, 라고 중얼거렸다.

"이 신텐디는 과거 프랑스인 거주지였던 시절의 건축물을 수리해 재현했습니다. 그래서 유럽과 중국의 건축 문화가 융합해 독특하고 레트로 모던한 거리가 됐습니다."

키요타카는 걸으면서 그렇게 이야기했다.

"여기는 여기대로 'THE 상하이'라는 거로군."

세련된 레스토랑, 잡화점, 브랜드숍이 즐비했다. 도로에는 고급차가 달리고, 통행인들은 모두 고급품을 몸에 두르고 즐거운 기색을 보이고 있었다. 서양인 관광객의 모습도 많았다. 이곳도 아주 깨끗하고 치안도 좋다는 느낌을 받았다.

"……다시금 내 안에 있던 중국의 이미지가 싹 바뀌었어. 뭐랄까, 가난하고 위험하다고 생각했는데."

"그렇지만 이렇게까지 잘사는 건 일부 도시뿐이지."

"일부가 먼저 부자가 되는 것을 인정하라, 네요."

"뭐, 그런 거지."

그런 이야기를 나누면서 키요타카의 안내로 '예상하이'라는 상하이 요리점에 들어갔다.

듣자하니 와이탄을 산책할 때 이미 인터넷으로 예약을 마쳤다나. 여전히 이 남자는 빈틈이 없다.

안내받은 자리에 앉아 와인 리스트를 펼치면서 키요타카는 기쁜 듯이 미소 지었다.

"여기의 북경 오리가 정말 맛있답니다."

그런 키요타카를 앞에 두고 지갑 속이 걱정돼 식은땀이 났다.

"잠깐만 형씨, 여기 엄청 고급 가게 아냐?"

"그렇지 않아요."

그렇지 않다니, 하고 앞으로 고꾸라질 뻔한 코마츠를 보고 엔쇼가 숨을 내쉬었다.

"됐다, 아재. 오늘 밤은 본인이 쏠 거다. 이 자슥이 데리고 왔으니."

"네, 그럴 생각이었어요."

"괜찮아. 3분의 1은 낼게. 그 대신 엔쇼 몫은 모르겠고, 와인은 한 병만 시키자."

코마츠는 입을 삐죽이면서 메뉴로 시선을 돌렸다.

하지만 바로 메뉴를 덮고 어깨를 으쓱거렸다.

"와인도 요리도 잘 모르겠으니까 형씨, 부탁해. 너무 비싸지 않은 거로."

알겠다며 키요타카는 고개를 끄덕이고 웨이터를 불러 영어로 주문을 했다.

그날 밤, 레드 와인으로 커다란 와인 잔을 채우고 건배했다.

상하이 게의 등딱지에 볶은 게살과 계란을 넣어 구운 것이나 술로 찐 닭, 거위 유바 크리스피 튀김, 해물누룽지탕.

그리고 키요타카가 추천하는 북경 오리는 웨이터가 테이블에서 깔끔하게 말아줬다.

"아, 참말로, 여기 북경 오리, 꽤 괜찮다."

"가게 사람이 눈앞에서 말아주는 게 좋군."

"그렇죠?"

맛있는 요리에 입맛을 다시면서 코마츠 탐정 사무소 멤버들은 상하이에 상륙한 것을 축하하는 밤을 보냈다.

[2] 상하이 박물관

1

　예상하이에서 저녁을 먹은 뒤에는 불빛이 비치는 신텐디의 거리를 구경하며 돌아다녔다.

　처음에는 순수하게 분위기를 즐겼지만, '어째서 남자 셋이 이런 세련된 거리를 어슬렁대고 있는 거지?'라는 생각에 그만 허탈해져서 오래 머물지 않고 호텔로 돌아왔다.

　각 방에 샤워실이 붙어 있기 때문에 목욕 순서로 다투는 일도, 거실에서 느긋하게 이야기를 나누는 일도 없이 세 사람은 바로 각자 자기 방으로 들어갔다.

　코마츠가 샤워를 마치고 침대에 앉자 옆에 있는 키요타카의 방에서 희미하지만 이야기 소리가 들렸다.

　― 네, 무사히 상하이에 도착했어요. 아주 세련되고 현대적인 거리예요. 언젠가 같이 오고 싶네요.

　그런 목소리가 벽을 타고 들렸다. 아마도 아오이와 전화를 하고 있는 듯했다.

　코마츠는 여전히 뜨겁다고 생각하면서 침대에 누웠다. 리모컨을 손에 들고 TV의 전원을 켜자 옆방 목소리는 사라졌다.

　화면에는 젊고 예쁜 여성이 진지한 얼굴로 이야기하는 모습이 비치고 있었다. 아무래도 뉴스 방송인 듯했지만 중국어라서 무슨 말을 하는지 전혀 알 수 없었다.

멍하니 TV를 바라보는 동안에 코마츠는 어느새 잠이 들었다.

다음 날 아침에는 '예원'으로 향했다.

예원이란 즐거운 정원이라는 의미이고, 명나라 시대의 정원이라고 한다. 마치 중화 후궁의 영화에 나올 법한 고색창연한 광경이다.

하지만 지금은 완전히 기념품 가게에 둘러싸인 관광지. 휴일에는 사람으로 바글거린다고. 오늘은 평일 아침이라서 사람도 적었다.

누각을 연결하는 미로 같은 회랑이나 아름다운 꽃 창문이나 문을 바라보며 이국적인 낭만을 물씬 느꼈다.

황제와 그 총애를 받는 사랑스러운 시녀(신분은 높지 않다)가 대화를 나누는 장면이 머릿속에 떠오른다. 문득 황제와 시녀의 모습을 키요타카와 아오이로 바꿨다. 중국옷을 입은 키요타카는 시녀 아오이의 어깨에 손을 두르고 가만히 끌어안았다.

'안 됩니다, 폐하. 저는 보잘 것 없는 마을 처녀입니다.'

'내가 그대를 필요로 합니다.'

'폐하······.'

그러나 그 뒤에서는 시녀 아오이를 짝사랑하는 황제의 시종 엔쇼가 질투의 불꽃을 활활 태우고 있었다.

그런 광경을 망상하고 코마츠는 웃음을 터뜨렸다. 바로 '하여간에 무슨 생각을 하는 거야.' 하고 냉정해졌지만, 이곳은 그런 중화 후궁 낭만을 느끼게 하는 장소였다.

"좋은 곳이로군."

코마츠가 나직하게 중얼거리고 동의를 구하듯이 옆으로 눈길을 돌리니, 그곳에는 엔쇼뿐 키요타카의 모습은 없었다.

"어라? 형씨는?"

"글쎄, 화장실 간 거 아이가?"

"아아, 그런가."

코마츠는 납득할 뻔하다가 키요타카가 회랑에서 우두커니 서 있는 모습을 포착했다. 저곳에 뭔가 있나 싶어서 다가가니 키요타카는 전화를 하고 있었다.

"네, 아오이 씨도 부디 조심해요. 무슨 일이 있으면 시차는 신경 쓰지 말고 전화하고요. 이쪽에서 반드시 다시 걸 테니까요. ······네, 요시에 씨에게도 안부 전해줘요."

그렇게 말하고 키요타카는 전화를 끊고 스마트폰을 주머니에 넣었다.

"아가씨는 오늘 출발인가?"

코마츠가 말을 걸자 키요타카는 "네."라고 대답하고 고개를 돌렸다.

"지금 하네다 공항이라는군요. 오전 10시에 출발해 약 13시간 비행한 뒤, 저쪽에 도착하는 건 현지 시간으로 같은 오늘 오전 10시 즈음입니다."

"아, 그런가. 뉴욕은 일본보다 시간이 늦으니까……."

예를 들어 1월 1일 아침 10시에 일본을 떠나면 뉴욕에는 같은 1월 1일 아침 10시에 도착한다. 머리로는 이해해도 역시 신기하다.

"네, 상하이는 일본보다 한 시간 늦을 뿐이라서 편해 좋네요."

키요타카는 그럼, 하고 얼굴을 들었다.

"시간은 있으니 정원을 차분하게 구경하고 브런치를 먹으러 갈까요?"

"오, 좋지. 뭘 먹을까?"

"상하이라 하면 샤오롱바오죠. 여기에는 '난샹만토우티엔'이라는 샤오롱바오로 유명한 가게가 있으니 조금 일찍 점심을 먹죠."

키요타카가 제안하자 코마츠와 엔쇼는 좋다며 고개를 끄덕였다.

이국땅이지만 이렇게 안내를 받으니 불편함은 조금도 느껴지지 않았다.

그리고 세 사람은 잠시 예원을 산책한 후 샤오롱바오 가게 난샹만토우티엔으로 향했다.

그곳은 1900년에 창업한 노포이며, 경관에 녹아드는 경험 많은 건물은 정취가 있었다.

이곳도 평소에는 점심 때 장사진을 이룬다고 하지만 이날은 운 좋게도 줄서지 않고 자리에 앉을 수 있었다. 메뉴에는 수많은 종류의 샤오롱바오가 있었지만, 역시 제대로 알아볼 수 없기 때문에 주문은 모두 키요타카에게 맡기기로 했다.

정통적인 샤오롱바오는 쫄깃한 식감에 돼지고기 육즙이 흠뻑 배어나왔다. 새우가 들어간 것은 통통 튀는 듯한 식감이었고, 게살이 들어간 것은 진한 풍미를 참을 수 없었다. 제각기 다 맛있어서 코마츠는 그 맛에 입맛을 다시며 몸을 떨었다.

"아, 칭다오 맥주 마시고 싶네."

"안 됩니다, 이제부터 상하이 박물관에서 일을 해야 해요."

"나도 알아. 그냥 해본 말이야."

코마츠는 투덜대면서 재스민 차를 입으로 가져갔다.

"아재는 덤이니 마셔도 상관없다."

엔쇼는 다정한 건지 아닌 건지 모를 말을 아무렇지 않게 꺼내고 샤오롱바오를 입으로 가져갔다.

"코마츠 씨는 술을 마시면 얼굴이 바로 빨개지니 그럴 수는 없어요."

"뭐, 아무리 도움이 안 돼도 주정뱅이를 데리고 걸을 수는 없겠제."

엔쇼는 고개를 연신 끄덕였다.

"그러니까 안다고 했잖아. 재스민 차가 최고로 맛있어!"

코마츠는 반쯤 주눅 든 채 다시 재스민 차를 입으로 가져갔다.

식사를 마치고 그대로 세 사람은 상하이 박물관으로 향하기로 했다(물론 도중에 루이에게 연락해 자신들이 직접 상하이 박물관으로 갈 테니 마중은 올 필요없다고 전했다).

상하이 박물관은 런민 공원 옆, 런민 광장 안에 있었다.

런민 공원에서는 태극권을 수련하는 사람이나 마작을 하는 사람의 모습을 볼 수 있었다.

"푸른 하늘 아래 마작이라."

그런 면은 역시 중국답다는 생각이 들었다.

런민 공원을 걷고 있는데 루이에게서 문자가 왔다.

'주인님의 기획 전시는 아직 준비 중이지만 4층에 있습니다. 그곳에 이린 님이 오십니다. 저도 있으니 잘 부탁드립니다.'

마침 상하이 박물관이 보이기 시작했다.

입구의 좌우에는 사자로 추정되는 흰 짐승 기념물이 죽 늘어서 있었다.

건물은 4층짜리이고 외관은 최상부가 원반, 하부는 고대 용기인 '세 발 솥'의 형상을 본떴다. 가이드북에 의하면 이것은 솥으로 대표되는 청동기 컬렉션을 나타내고 있다고 한다.

총 바닥 면적은 3만 9천 평방미터라고 하는데, 그 말을 들어도 감이 전혀 오지 않았다.

건물의 크기 자체는 콘서트홀인 롬시어터 교토 정도일까?

"상하이 박물관은 중국 고대의 청동기, 도자기, 회화, 글씨처럼 각종 역사적 가치 있는 미술품이 모여 있는 중국 굴지의 박물관입니다."

키요타카는 입구를 향해 걸으면서 평소처럼 설명했다.

코마츠와 엔쇼는 "흐음." 하고 대꾸했다.

"모두가 훌륭하지만 저로서는 여기에 오면 역시 아무래도 '중국 고대 도자관'에서 시간을 보냅니다."

"그릇인가."

"네. 멋진 토기나 도자기가 약 500점이나 시대순으로 진열되어 있습니다. 특히 경덕진 도자기의 충실함으로 말하자면……."

키요타카는 가슴에 손을 얹고 열정적으로 말했다.

"얘기를 끊어서 미안한데, '경덕진'은 유명한 사람이야?"

코마츠가 물었다.

"아니요. 경덕진은 사람 이름이 아니라 도시의 이름입니다. 도자기 분야에서 대표적인 소메츠케(染付)나 아카에(赤繪)를 많이 생산한 도요로, 세계적으로 유명합니다. 명나라 시대 경덕진의 자기는 궁정의 제기로 쓰였다고 하는데……."

그런 키요타카의 이야기를 엔쇼는 열심히 듣고 있었지만, 코마츠는 "호오."라고 하거나 "흐음."이라고 대답하는 정도였다.

"이 박물관은 수장하는 문화재의 숫자가 12만 점이라고 하는데요, 놀랍게도 입장료가 무료입니다."

마지막으로 덧붙인 그 말에는 놀랐다.

"무료! 굉장하군."

"네, 많은 사람이 부담 없이 문화를 접하게 하려는 의도겠죠. 훌륭하네요."

"역시 부자 동네……."

그런 이야기를 나누면서 상하이 박물관 안으로 들어갔다.

로비 입구는 원형으로 뚫려서 유리 돔 천장에서 밝은 빛이 들어오고 있었다. 중앙에 원형 안내소, 좌우 가장자리에 계단, 에스컬레이터가 있었다.

팸플릿은 중국어, 영어, 한국어, 일본어 등 여러 나라의 언어 버전이 갖춰져 있었다. 코마츠는 일본어 팸플릿을 한 부 손에 들고 키요타카, 엔쇼와 함께 에스컬레이터를 타고 4층으로 향했다.

"이곳의 최상층에서 자신이 기획한 전시회를 연다는 거구면."

흐음, 하고 중얼거리는 엔쇼에게 코마츠는 "맞아." 하고 맞장구를 쳤다.

"역시 미술품을 사랑하는 사업가야."

"미술품을 사랑하는 사업가?"

코마츠의 말을 듣고 처음 알았다는 얼굴로 엔쇼는 흥미를 보였다.

"아아, 여기에 오기 전에 좀 조사해봤어. 듣자하니 지우 씨는 결코 유복한 집에서 자란 게 아니래. 그래서 거기에서 벗어나고 싶어서 필사적으로 공부해 장학금을 받아 베이징 대학에 진학해서 경제학을 배웠다고 해."

키요타카는 이미 아는 사실인지 말없이 듣고 있었다.

"지우 씨는 대학 교수의 주선으로 뉴욕의 콜롬비아 대학에서 유학했어. 귀국 후 인터넷에 관한 사업을 시작했지. 뭐, 그게 잘돼서 순식간에 크게 성공한 거야. 그리고 지금은 세계적으로 유명한 부호 대열에 들어갔으니까 대단하지. 참고로 결혼은 두 번 하고 두 번 모두 이혼했어. 이런에게는 오빠가 있는데 엄마가 다른 모양이야."

코마츠는 거기까지 말하고 주제에서 벗어났다며 이야기를

되돌렸다.

"지우 씨는 미국에서 유학할 때 뉴욕에서 예술을 접하고 완전히 포로가 됐다고 해."

이야기를 다 들은 키요타카는 "그렇군요."하고 턱에 손을 댔다.

"아마미야…… 아니, 키쿠카와 시로와 열차에서 만났을 때 미술품에 관한 일을 제게 제안했는데, 그건 지우 씨를 이용하려던 거였군요."

키요타카의 말을 듣고 코마츠는 "그렇지." 하고 생각났다는 듯이 얼굴을 들었다.

"이린이 우리 사무소에 왔을 때 키쿠카와 시로와는 인연을 끊었다고 했잖아? 신경 쓰여서 무슨 일이 있었는지 조사해봤어."

키요타카는 아무 말 없이 코마츠의 이야기에 귀를 기울였다.

"원래 시로가 지우 씨에게 빌붙는 데 성공한 건 미술품 브로커였기 때문인 모양이야. 센스가 좋고 말솜씨도 좋아서 완전히 마음에 들었다고 해."

"그렇겠죠. 그에게 자신의 딸 여행에 동행을 허락할 정도니까요."

"맞아, 시로를 사위 후보 한 사람 정도로 생각했었나 봐. 지우 씨는 자기 자신이 벼락부자가 되고 미국에서 지낸 점도 있어서 혈연이나 가문, 인종에 얽매이지 않고 우수한 사람을 인정한다더군."

그때까지 말없이 있던 엔쇼가 흐으음, 하고 중얼거렸다.

코마츠는 이야기를 계속했다.

"지우 씨에게는 전부터 꼭 가지고 싶은 그림이 있었다고 해. 그것을 안 시로는 어떻게든 지우 씨에게서 돈을 끌어오고 싶어서 그 그림을 찾아 매입해 왔지. 지우 씨는 크게 기뻐하며 그 그림에 상당한 액수의 돈을 지불했다더군. 하지만 그게……."

"위작이었군요."

"맞아. 그걸 계기로 시로는 지우 씨와 인연이 끊어졌어."

흐음, 하고 키요타카는 팔짱을 꼈다.

"그 남자가 지우 씨를 상대로 위작을 준비하다니, 그런 어리석은 짓을 할 줄이야."

키요타카는 납득할 수 없다는 듯이 얼굴을 찌푸렸다.

"어지간히 완성도 높은 위작이었을지도 몰라. 그리고 그런 일이 있고 나서 지우 씨도 경계심이 생겨 이번 전시회는 전 세계에서 감정사를 불러 모은 거야."

"그런 거군요. 감정사에게 감정을 받으면 만약 전시회가 시작하고 나서 작품 속에 위작이 섞여 들어간 것을 알아도 책임 회피를 할 수 있으니까 지우 씨의 체면은 지킬 수 있다는 거겠죠."

이야기가 일단락됐을 무렵 에스컬레이터는 4층에 도착했다.

팸플릿에 의하면 통상 4층은 중국 소수민족 공예관, 중국 역대 화폐관, 중국 고대 옥기관(玉器館)의 전시를 하고 있다고 하는데, 지금은 기간 한정으로 그 전시를 다른 층으로 이전하고 모두 지우 지페이의 특별 전시장으로 꾸미는 듯했다.

이곳저곳에 경비원이 있고 주의를 나타내는 노란색 간판이 놓여 있었다. 아마 '준비 중이니 4층은 출입금지'라는 내용이 적혀 있을 것이다.

4층 바닥에 발을 들여 앞으로 나아가려 하자 경비원이 제지했다. 중국어라서 무슨 말을 하는지 알 수 없지만 제스처를 보아 '에스컬레이터를 타고 밑으로 내려가라'고 부탁하고 있는 듯했다.

"저희는 지우 이린의 소개로 왔습니다."

키요타카가 영어로 말했다.

"홈즈, 여러분, 어서 오세요."

그때 안에서 이린이 손을 흔들며 다가왔다.

오늘은 사무소에서 만났을 때의 귀티 나는 미녀라는 분위기와 전혀 달리 청바지에 흰 블라우스, 포니테일. 꽤나 활동적이고 간편한 차림새였다.

이런 느낌도 산뜻해서 좋다면서 코마츠가 눈꼬리를 내리고 있자 시선을 눈치챈 이린이 조금 부끄러운 듯이 말했다.

"작업 중이라 이런 차림을 해서 미안해요."

키요타카는 아니라고 고개를 젓고 가슴에 손을 얹으며 인사했다.

"이번에는 비행기 티켓부터 호텔, 차까지 준비해주셔서 감사합니다."

이어서 코마츠가 고개를 푹 숙였다.

"맞아 맞아, 엄청 극진하게."

"내까지 부잣집 국물을 얻어먹어서 영광입니데이."

이린은 생글거리다가 마지막 엔쇼의 말을 듣고 순간 표정을 흐렸다. 하지만 바로 미소 지으며 설명을 시작했다.

"이번 전시는 근대 미술 코너, 유럽 회화·조각·도자기, 그리스와 로마 미술, 아시아 미술과 도자기 등의 코너로 나뉘어 있어요. 홈즈나 야나기하라 선생님을 비롯해 일본의 감정사가 담당할 곳은 아시아 미술과 도자기 코너예요. 거기에 일본의 미술품을 모아놨어요. 아직 집합 시간까지 여유가 있으니 안내할게요."

이린은 그렇게 말하고 걸어나가 바로 옆 근대 미술 코너의 입구 앞에서 걸음을 멈췄다.

"이번 전시회의 중심은 근대 미술일지도 몰라요. 이곳은 여러 나라의 근대 예술이 모여 있어요. 운 좋게도 지금 'MoMA'

가 수리 중이어서 작품을 몇 점 빌릴 수 있었고요."

'모마는 뭐지?'라고 생각하는 코마츠 옆에서 키요타카는 "네?" 하고 눈을 깜빡였다.

"MoMA는 지금 들어갈 수 없는 건가요?"

"네, 다음 달 말까지 그럴 거예요."

이린은 선뜻 대답했다.

"형씨, 모마가 뭔데?"

코마츠가 묻자 키요타카는 "아아." 하고 쓴웃음을 지었다.

"MoMA는 뉴욕 근대 미술관의 약칭입니다. 뉴욕에서는 메트로폴리탄 미술관, 통칭 'THE MET'와 마찬가지로 인기 있는 미술관으로, 아오이 씨도 기대했을 거라고 생각해서요."

"즉 목적인 장소 중 하나였지만 폐관하고 있다는 건가. 그야 아가씨도 실망하겠군."

"네……."

키요타카는 자신의 일처럼 유감스럽다는 기색을 보였다.

"그 얼굴은 뭐고. 여전하데이."

엔쇼는 그렇게 말하고 못 말리겠다는 듯이 어깨를 으쓱거렸다.

코마츠는 근대 미술을 전시하고 있는 방을 슬쩍 들여다봤다.

벽에는 캠벨 수프 깡통 그림이 죽 늘어서 있었다. 그렇게 크지 않은 캔버스가 서른두 개. 모두 캠벨 수프 깡통이었다.

"…………."

저것도 근대 미술인가? 상품 진열대도 아니고.

코마츠는 이해가 되지 않는다면서 고개를 갸웃거렸다.

"아직 준비 중이지만 관심 있으면 들어가 보세요."

그러자 이린이 근대 미술 전시실로 들어갔다.

"참 기쁘군요."

키요타카가 흔쾌히 대답했다.

가까이서 봐도 역시 켐벨 수프 깡통 그림이다.

코마츠가 멍하니 서 있자 키요타카는 그 마음속을 살핀 듯이 작게 웃고 입을 열었다.

"앤디 워홀의 작품입니다. 이 작품은 사진에서 전사하는 판화의 기법으로 그려졌어요. 같은 디자인 같지만 라벨의 내용은 모두 다르죠."

"아, 진짜다. 다르네."

"앤디 워홀은 모두에게 친숙한 수프 깡통을 소재로 난해한 미술을 누구나 친해지기 쉽고, 알기 쉽고, 친밀한 것으로 바꾸려 한 겁니다."

키요타카의 설명을 듣고 코마츠는 "그렇군." 하고 감탄의 숨을 내쉬었다.

"이쪽의 〈골드 마릴린 먼로〉도 앤디 워홀의 작품이네요."

그 작품은 코마츠도 본 적이 있었다.

노란 머리, 분홍색 피부, 파란색 아이섀도를 한 마릴린 먼로의 얼굴만 있는 그림이다.

한편 엔쇼는 그 근처에 있는 그림으로 시선을 돌리고 있었다. 어떤 그림에 주목하고 있나 싶어서 코마츠는 다가갔다.

검은 얼굴(해골인가?)이 화면 가득히 그려져 울부짖고 있는 듯했다. 미술에 관심이 없는 코마츠는 그 그림의 가치를 제대로 알지 못해서 머리를 긁적였다.

"왠지 낙서 같군."

작은 목소리로 그렇게 중얼거리자 뒤에서 키요타카가 작게 웃었다.

"장 미셸 바스키아입니다. 이 작가는 원래 슬럼가의 벽에 스프레이 페인팅을 하기 시작했는데요, 당시에는 '낙서'라고 불렸다고 합니다."

"아, 그랬구나."

대답하며 코마츠는 고개를 돌렸다.

"하지만 계속하는 사이에 그가 그리는 작품은 서서히 평가를 받기 시작합니다. 이윽고 키스 해링이나 바바라 크루거라는 인기 예술가의 눈에 들어 그들의 도움을 받아 개인전을 열게 됩니다. 이윽고 그는 워홀과 운명적인 만남을 가집니다. 그들은 공동 제작을 시작해 서로를 자극하지요."

"아, 워홀이라면 방금 본 수프 깡통 작가인가."

흐음, 하고 코마츠는 맞장구를 쳤다.

"하지만 그 워홀이 죽어서 그는 불안정해졌을지도 모릅니다. 약물에 의존하게 되어 고작 스물일곱 살에 헤로인 과다 복용으로 죽고 맙니다."

이야기를 다 듣고 코마츠는 "하아." 라고 중얼거렸다.

"지금은 이 그림에 몇십 억이나 되는 가격이 붙죠."

고개를 연신 끄덕이는 키요타카의 말을 듣고 코마츠는 저도 모르게 헛기침을 했다.

"며, 몇십 억이나? 이 낙서에?"

"작품이에요, 코마츠 씨."

키요타카는 날카로운 눈빛으로 코마츠를 슬쩍 봤다.

그 박력에 코마츠는 "미안." 하고 몸을 움츠렸다.

"하지만 나는 가치를 모르겠어. 엔쇼는 뭔가 느낌이 와?"

엔쇼는 글쎄, 라고 작게 대답할 뿐 그 이상은 아무 말도 하지 않았다.

"이런 그림의 가치는 기법이 전부가 아닙니다. 그림에 담긴 영혼의 외침에 끌리는 사람이 있다는 뜻입니다."

"확실히 영혼이 드러난다는 느낌은 알겠어. 하지만 몇십 억이라니…… 그러고 보니 바스키아라는 이름을 어디서 들어본 적이 있는데."

코마츠는 '어디서 들었지?' 하고 팔짱을 꼈다.

다음 순간 기온의 골목이 머릿속에 되살아났다.

예전 동료가 엔쇼에게 했던 말이다.

'그러면 바스키아나 아시야 타이세이의 작품은 어때? 그 녀석들은 이미 죽었고 일부에서는 엄청난 인기가 있잖아!'

……과연 위작 제작을 의뢰하고 싶어지겠군. 이 그림에 몇십 억이나 되는 가격이 붙으니.

코마츠는 얼굴을 굳히며 바스키아의 그림을 바라봤다.

"이봐, 형씨. '아시야 타이세이'라는 화가는 알아?"

문득 떠올라서 묻자 키요타카는 미간에 주름을 지으며 고개를 갸웃거렸다.

"……아니요. 저는 모릅니다."

"아, 그래? 형씨라도 모르는 화가가 있군."

"물론이죠."

"엔쇼는 알아?"

"이름을 얼핏 들은 적이 있는 정도지 작품은 모른다. 이름 웃긴 화가가 있다고 생각했제."

그런 대화를 나누고 있는데 이린이 "어머." 하고 소리를 냈다.

"아시야 타이세이의 작품이라면 이 코너에 있어요. 최근 중국에서 인기거든요."

이린은 "이쪽이에요." 하고 걷기 시작했다.

미국의 근대 미술을 떠나 아시아 코너로 이동했다.

그곳에는 아무것도 걸려 있지 않았다.

"아직 옮기지 않았네요."

이린은 아쉽다는 듯이 어깨를 늘어뜨렸다.

그러자 근처에 있던 스태프가 그런 이린의 모습을 보고 그녀의 마음을 살핀 듯이 말했다.

"저기 걸릴 예정인 그림은 별도 회장에 전시가 결정됐다고 합니다."

"어머, 별도 회장이 설치됐나요? 못 들었어요."

"아, 죄송합니다. 그러고 보니 여기에는 회장님의 깜짝 기획도 있는 듯하네요."

"그랬군요."

이린은 고맙다고 인사하고 키요타카 쪽으로 몸을 돌렸다.

"여기에 걸릴 예정이었던 아시야 타이세이의 그림은 아빠가 가지고 있어요."

"지우 씨가……."

"그래요. 아빠가 베이징의 경매에서 한눈에 반해 낙찰한 작품이라서요. 사실을 말하자면, 아시야 타이세이는 그때까지 거의 무명의 화가였지만 아빠가 구입한 것을 계기로 중국에서 인기가 생기기 시작했어요."

그 이야기를 듣고 코마츠는 묘하게 납득했다.

유명 인사가 무명 화가의 그림에 주목하면 가치가 완전히 달라진다. 어디선가 들어본 이야기였다.

키요타카도 "그런 거였군요." 하고 고개를 끄덕였다.

"때로 부유층은 빛을 못 보는 창작자의 작품을 구하는 역할을 맡고 있을지도 모르겠네요. 이번 기획도 많은 사람이 예술에 관심을 가질 계기가 될 겁니다. 멋진 일이에요."

"홈즈……."

이린은 기쁘다기보다 구원받았다는 듯한 표정을 보였다.

지우 씨가 하는 일에 '부자의 도락'이라는 비판의 목소리는 컸다. 그것은 이린의 귀에도 들어갔을 것이다.

"고마워요. 아빠가 조사한 바로 아시야 타이세이는 이미 죽었다고 해요. 아쉬워했어요. 하지만 상당히 많은 작품을 남겼다고 해서 찾고 있는 것 같아요."

그러자 엔쇼가 화가 치밀어 오르는 듯이 혀를 찼다.

"'구한다'니, 고흐처럼 죽은 뒤에 아무리 가치가 오른들 의미는 없데이."

"그런가요. 설령 죽은 뒤라도 자신의 작품이 평가받는 건 기쁜 일이라고 생각합니다."

키요타카는 그렇게 말하고 덧붙였다.

"하지만 저는 창작자가 아니니 어차피 구경꾼의 헛소리에 불과하네요."

엔쇼는 아무 말 없이 씁쓸한 표정을 띠고 있을 뿐이었다.

"아아, 약속 시간이 됐어요. 여러분, 홀로 나가죠."

이린은 급한 발걸음으로 홀로 향했다. 키요타카, 코마츠, 엔쇼도 고개를 끄덕이고 그 뒤를 따랐다.

2

상하이 박물관 4층 홀에는 아까까지 없었던 인파가 생겨나 있었다.

지우 씨가 초청한 감정사들일 것이다. 슈트 차림의 사람도 있는가 하면 더벅머리, 청바지, 찢어진 티셔츠라는, 감정사라기보다 예술가 같은 사람도 있는 등 온갖 타입, 각양각색의 인종이 모여 있었고, 홀에는 각종 언어가 어지럽게 오가고 있었다.

대부분이 40대 이상인 듯하지만 젊은이의 모습도 보여서 키요타카나 엔쇼가 너무 젊어 지나치게 눈에 띄는 느낌도 들지 않았다.

"선생님."

엔쇼가 당당하게 전통 의상을 입은 노인에게 향했다.

노인은 흰 수염을 쓰다듬으며 "오오." 하고 고개를 돌렸다.

"오랜만이데이, 엔쇼."

"선생님도 건강해 보이십니다."

엔쇼는 싱긋 미소 지었다.

노인은 엔쇼의 스승, 야나기하라 시게토시였다.

평소의 엔쇼와는 전혀 다른 모습을 보고 코마츠는 입을 떡 벌렸다.

"⋯⋯엔쇼도 진짜 스승 앞에서는 몸가짐을 바르게 하는군."

저렇게 보여도 스승을 진심으로 존경하고 사모하고 있는 듯했다.

"정말이네요. 도대체 속에 능구렁이를 몇 마리나 키우고 있는 건지."

옆에서 키요타카가 유쾌하게 말했다.

"능구렁이라니 형씨가 할 말이야?"

코마츠는 어깨를 떨었다.

"참, 선생님. 이국에서는 불편한 점도 있으실 테니 상하이에 계시는 동안 제가 선생님 곁에 있을까요?"

"고맙데이. 하지만 타구치 씨도 있으니 괜찮다."

엔쇼가 제안하자 야나기하라는 미소 지으며 고개를 저은 후 곁에 선 남성에게 시선을 보냈다. 그 남성은 검은 슈트에 안경을 낀 중년이었다. 보기에 선생님의 비서인 듯했다.

"지금은 키요타카 곁에 있어도 된다. 그편이 빠를 기다."

"빨라요?"

엔쇼는 이해할 수 없다는 듯이 미간에 주름을 지었다.

그건 그럴 것이다. 엔쇼는 키요타카를 인정하기는 하지만 야나기하라처럼 무조건 존경하지는 않는다. 가르침을 바란다면 야나기하라가 좋다고 생각하는 건 자연스러운 일이리라.

다만 라이벌 관계에 있는 상대와 함께 있는 편이 부지런히 수련을 쌓아가는 경우도 있다. 야나기하라는 그렇게 말한 게 틀림없다.

코마츠가 고개를 연신 끄덕이고 있는데 키요타카가 야나기하라에게 향했다.

"야나기하라 선생님, 오랜만에 뵙습니다."

"키요타카. 엔쇼가 신세를 지고 있데이."

"아닙니다, 제가 하는 일은 아무것도 없는걸요."

엔쇼는 "참말로." 라고 야나기하라에게는 들리지 않을 만큼 작은 목소리로 중얼거렸다.

"한데 키요타카, 영감은 왔나?"

야나기하라는 가만히 주위를 둘러봤다.

"할아버지는 안 오셨어요. 이번 일은 제게 양보한다고 하셨습니다."

야나기하라는 "그렇구먼." 하고 맞장구를 쳤다. 그 표정은 어두웠다.

"야나기하라 선생님, 할아버지는 혹시……."

키요타카가 말을 꺼냈을 때 이린이 모두의 앞에 서서 인사를 하기 시작했다.

"여러분, 바쁘신 와중에 모여 주셔서 정말 감사합니다. 이 기획의 주최자인 지우 지페이의 조수를 맡고 있는 딸 지우 이린이라고 합니다."

이린은 알아듣기 쉬운 깔끔한 영어로 그렇게 말했다.

영어에 능통하지 않은 코마츠와 엔쇼는 자동 음성 번역기와 접속한 무선 이어폰을 한쪽 귀에 꽂아 이린의 말을 확인했다.

야나기하라에게는 타구치라는 비서가 통역을 하고 있는 듯했다.

"아버지는 학생 시절 뉴욕에서 유학하며 예술의 위대함을 접했습니다. 현재 아버지는 상하이도 그런 예술적인 도시로 만들고 싶다는 꿈을 가지고 있습니다. 이번 기획은 '전 세계의 훌륭한 예술을 상하이에 모아 많은 사람에게 보이자'는 콘셉트를 바탕으로, 아버지가 가진 꿈의 실현을 향한 소중한 프로젝트입니다. 거기에 위작은 있어서는 안 될 것입니다. 그러려면 여러분의 힘이 필요합니다. 부디 잘 부탁드립니다."

이린은 그렇게 말하고 머리를 숙였다.

홀에 있는 감정사들은 크게 손뼉을 쳤다.

그 후 지우 씨의 스태프가 각국 감정사에게 다가가 설명을 시작했다.

일본을 담당하는 것은 일본어에 능통한 루이여서 코마츠는 살짝 안심했다.

"일반 공개는 열흘 뒤이지만, 그 전날 관계자에게 사전 오픈 모임을 개최합니다. 여러분께는 사전 오픈 때까지 남은 8일 동안 미술품 체크를 부탁드립니다."

루이의 설명에 일본 감정사들은 네, 하고 고개를 끄덕였다.

"그리고 이것은 이번 일의 관계자라는 것을 증명하는 배지이니 항상 보이는 곳에 달아주십시오."

그렇게 말하고 루이는 마치 변호사 배지 같은 금색 배지를 한 사람 한 사람에게 정중히 나눠줬다.

참고로 일본인 감정사는 키요타카, 야나기하라를 포함해 10명. 제각기 비서나 사용인, 제자를 데리고 있어서 아직 감정사가 아닌 그들도 입장 허가 배지를 받았다.

그 모습을 보면서 코마츠와 엔쇼도 사양 않고 배지를 받았다. '희(喜)'라는 글자가 가로로 나란히 쓰여 '쌍희문'이라고 불리는, 중화요리점 등에서 본 적 있는 문양이었다. 들어보니 기쁨이 두 배가 된다는 의미가 있는, 중국에서는 운수가 좋은 문장이라고 한다.

코마츠는 호오, 라고 중얼거리면서 배지를 가슴에 달았다.

일본인 감정사는 남성도 여성도 있었지만, 모두 중년에 품격도 있었다.

'키요타카 같은 애송이는 의심을 받는 게 아닐까.'

코마츠는 걱정스럽게 생각했다.

"키요타카, 오랜만이야. 여전히 잘생겼군."

"다시 미나미아오야마에도 와줘."

하지만 아무래도 다들 안면이 있는 듯했다. 역시 이 업계는 좁은 모양이다.

"그런데 세이지 씨는 안 오셨어?"

"축제를 좋아하는 그 세이지 씨가 이런 큰 이벤트에 얼굴을 안 비추다니 의외네."

그런 말들을 들었지만 키요타카는 그저 미소 지을 뿐 딱히 아무런 대답도 하지 않았다.

키요타카가 이 이벤트에 야가시라 세이지가 참석하지 않은 것을 가장 의문스럽게 생각하고 있을지도 모른다.

"그라믄 슬슬 시작해볼까. 여드레는 여유가 있는 것 같지만 순식간에 지나간데이."

야나기하라의 말에 모두가 "그러네요." 하고 얼굴을 들었다. 이 안에서는 야나기하라가 가장 연장자이고 존경도 받고 있는 듯했다.

"그러면 저희는 도자기를 중심으로 보겠습니다."

키요타카는 그렇게 제안했다.

"그래라. 내도 도자기를 볼 거다. 그러면 그림에 강한 사람들은 먼저 부탁한데이. 물건에 따라서는 과학 분석이 필요해질 테니 서두르는 편이 좋겠제."

야나기하라의 지시에 일본 감정사들은 알았다며 고개를 끄덕이고는 그대로 전시실로 들어갔다.

코마츠도 엔쇼와 함께 키요타카의 뒤를 따라 전시실로 들어갔다.

이미 케이스 안에 든 미술 골동품도 있고, 마치 상품처럼 긴 테이블에 진열되어 있는 것도 있었다. 테이블에는 낙하 방지 난간이 설치되어 있고, 경비원과 스태프가 옆에서 눈을 빛내고 있었다. 아무래도 이제부터 전시를 하는 듯했다.

"엔쇼는 내 옆으로 와요."

키요타카는 그렇게 말하고 테이블에 진열된 다완 중 하나로 맨손을 갖다 댔다.

그에게는 항상 흰 장갑을 끼고 미술품을 만지는 이미지가 있기 때문에 코마츠는 순간 깜짝 놀랐지만, 원래 도자기 감정은 맨손으로 하는 것이 기본이다.

키요타카는 '진짜 감정'을 할 때는 장갑을 끼지 않는다. 오늘은 처음부터 진지하게 임하고 있다는 뜻이리라.

다완은 황토색. 형태는 흔히 보이는 말차 다완보다 스마트했고, 파도 그림에 걸리듯이 갈색 활…… 아니, 초승달이 그려져 있었다.

양손으로 감싸듯이 만지고 눈길을 떨어뜨렸다. 그러나 싶더니 다완을 뒤집어 바닥을 확인했다.

"그건 가짜인가?"

만지는 시간이 꽤 길어서 코마츠가 묻자 키요타카는 "아니요." 하고 고개를 저었다.

"노노무라 닌세이의 〈채색한 파도에 초승달 그림 다완〉, 진품입니다. 보통은 일본의 미술관에 전시되어 있는 겁니다. 이렇게 만질 수 있다니 눈물이 나올 만큼 기쁘네요."

키요타카는 진지하게 말했다. 아무래도 감개에 젖어 있던 듯했다.

그건 그렇고 눈물이 나올 만큼 기쁘다는 말은 조금 과장 아닐까?

"하지만 옆에 있는 이것은 유감스럽게도 닌세이의 위작……이라기보다 '모조품'이네요."

키요타카는 살구색 다완을 가리키며 말했다.

"닌세이는 '물레의 명수'라고 불렸고, 작품은 통통하니 둥그스름합니다. 또한 교토 도자기의 '채색화의 완성자'라고도 불리고 있습니다. 엔쇼, 보세요. 진품의 이 화려한 문양. 화려한 교토 문화의 발현입니다. 끝부분인 구연부가 단정하고 훌륭합니다. 한편 이 모조품 말입니다만."

키요타카는 옆 다완으로 시선을 옮겼다.

"이봐, '모조품'과 '위작'은 어떻게 다른 거야?"

코마츠의 질문에 대해서는 엔쇼가 "간단히 말하자면 '오마주'와 '사취'의 차이데이."라고 간단히 대답하고 계속 이야기하라고 재촉하듯이 키요타카를 봤다.

"그라믄 그 모조품이 어떻다는 거고?"

"네, 이 모조품은 닌세이의 다완을 흉내 내서 세월이 지난 것입니다. 닌세이는 인기가 있기 때문에 모방품이 예전보다 많이 만들어지고 있습니다. 역사의 무게도 더해지기 때문에 이렇게 마치 진품 같은 얼굴을 하고 여기까지 와 있을 정도죠. 이 모조품은 교토 자기의 다완으로는 우수하지만, 이렇게 닌세이의 작품과 비교해보면 가슴속 깊이 느껴지는 것이 아무것도 없는 것을 알 수 있을 겁니다."

"……그렇구면."

엔쇼가 고개를 끄덕이는 옆에서 코마츠는 전혀 알 수 없어서 고개를 비뚤어질 만큼 기울이고 있었다.

그 뒤로도 골동품 감정은 계속됐다.

키요타카는 일본의 도자기를 감정해갔다.

코세토에 키제토, 오리베, 하기, 코이마리, 코쿠타니, 카키에몬, 칸잔……

시노 다완을 앞에 뒀을 때의 키요타카는 정말 기뻐 보였다.

장미와 잎이 그려진 접시를 앞에 두자 키요타카는 "이것은……." 하고 활처럼 눈을 가늘게 떴다.

"나베시마 자기입니다. 마침 모방품을 발견한 참이니 비교하기 쉽겠네요."

"나베시마 자기?"

코마츠는 처음 듣는 이름이었다.

"사가번, 통칭 나베시마번이 관련되어 있습니다. 17세기, 나베시마번은 도자기 수출을 외화 획득을 위한 국책으로 삼고 있었습니다. 일본에서 유일한 '관요', 즉 정부의 도요죠. 관요는 실력 좋은 도공을 모아 기술이 외부로 유출되지 않도록 하고 있었습니다. 그렇기 때문에 치수도 형태도 문양도 규격화된 아름다움이 있는 겁니다."

키요타카는 접시를 손에 들고 그림을 바라봤다. 크기는 직경 15센티미터 정도일까.

"〈채색 나베시마 장미도 5촌 접시〉입니다. 보세요, 이 그림의 아름다움. 원형 접시 안에 아름답게 비치는 것을 의식해 그린 디자인입니다. 굽에 정연하게 그려진 빗 모양, 이 나베시마 자기의 진품에 비해……."

키요타카는 이번에는 옆에 있는 접시를 손에 들었다. 마찬가지로 꽃과 잎이 그려져 있었다.

"비슷하게 그리려 한 마음은 전해집니다만, 채색화에서 굽의 빗 모양에 이르기까지 긴장감이 부족합니다. 긍지도 느껴지지 않습니다. 실력에 자신 있는 자가 나베시마 자기는 이런 거라며 모방한 것이 전해져옵니다."

모방품을 손에 든 키요타카는 후훗, 하고 웃었다.

코마츠는 솔직히 감탄했지만 엔쇼는 그렇지 않은지 마치 벌레라도 씹은 듯한 얼굴을 하고 있었다.

"저기, 이쪽으로 와봐. 이거 굉장해."

일본인 여성 감정사가 목소리를 높였다. 그녀는 독립 전시 케이스 앞에 서서 이쪽을 향해 손짓하고 있었다.

케이스의 옆에는 경비원 두 사람이 무표정하게 우뚝 서 있었다. 그 위압감과 그녀의 모습을 보아 대단한 보물이 전시되어 있는 것을 알 수 있었다.

코마츠는 들떠서 키요타카, 엔쇼와 함께 전시 케이스 앞으로 향했다.

"설마 이걸 모을 줄이야……."

"역시 대단해."

먼저 도착한 감정사들이 웅성대고 있었다.

키요타카는 그 작품을 앞에 두고 "호오." 하고 중얼거렸다.

케이스 안에는 다완 세 개가 각기 살짝 떨어진 상태로 놓여 있었다.

"혹시 이건……."

놀라서 코마츠의 눈이 동그래졌다.

"뭐고, 아재도 아는 거가."

살짝 웃으며 말하는 엔쇼에게 "그야 그렇지."라며 고개를 끄덕였다.

코마츠라도 아는 아주 유명한 작품이다.

칠흑의 다완. 그 표면에는 비눗방울 같은 문양이 일곱 가지 색으로 빛나고 있었다. 이것은 국보라고 불리는…….

"……저기, 이름은 뭐였더라?"

"요헨텐모쿠데이."

엔쇼가 대답했다.

키요타카는 네, 하고 고개를 끄덕였다.

"현재 세상에 세 개밖에 없다고 하는 국보입니다. 이 세 다완을 모두 모아 전시할 줄이야. 이것만으로도 여기에 올 가치가 있군요."

키요타카는 팔짱을 끼고 손끝은 턱에 대고 있었다.

"형씨는 물론 실물을 본 적이 있겠지?"

"네. 지금까지 몇 번은요. 이번 봄에도 아오이 씨와 미술관을 순례하다 세 다완 모두 봤습니다."

"그러고 보니 전시했었지."

이번 봄, 요헨텐모쿠 다완을 국내의 세 미술관에서 일제히 전시해 전국적으로 화제가 되었다. TV나 잡지에서 크게 선전을 하는 바람에 코마츠도 거기서 알았다.

"내도 봄에 미술관을 돌다 보고 왔다. 하지만 줄이 너무 길어서 몇 시간이나 걸렸데이."

이렇게 쉽게 볼 줄 알았다면, 하고 엔쇼는 조금 분한 듯이 숨을 토했다.

코마츠는 요헨텐모쿠 다완으로 눈길을 떨어뜨리면서 볼의 힘을 풀었다.

"나는 처음 봤어. 고맙네. 보통은 어디 있는 거지?"

"세이카 도분코 미술관, 후지타 미술관, 다이토쿠지 류코인에서 소장하고 있습니다."

키요타카가 그렇게 대답하자 코마츠는 "호오."라고 중얼거렸다.

"그건 그렇고 요헨텐모쿠 다완은 생각했던 것보다 작네. 우리 딸이 쓰는 작은 밥그릇 정도잖아."

그런 작은 다완 안에는 마치 천체 망원경에서 본 우주가 있어서 성스러움이 느껴졌다.

"그건 그렇고…… 아름답군."

그런 빈곤한 말밖에 나오지 않았다. '이 세 점을 전시하기 위해 돈을 얼마나 썼을까?'와 같은 속물 같은 의문도 떠올랐지만 입에 담지는 않았다.

"아름답네요. 요헨텐모쿠는 도공이 시행착오를 거치는 가운데 우발적으로 탄생한 기적의 산물이라고도 할 수 있는 일품입니다."

키요타카는 진지하게 중얼거리면서 다완으로 눈길을 떨어뜨리고 뺨을 누그러뜨렸다.

"형씨도 다시 이 다완을 봐서 기쁘겠군."

"네, 물론입니다. 하지만 언제까지 보고 있어서는 안 되겠죠. 감정하던 쪽으로 돌아가죠. 생각했던 것보다 양이 많으니, 야나기하라 선생님께서 말씀하신 대로 8일은 순식간에 지나갈지도 모릅니다."

키요타카는 발걸음을 돌려 담당 장소로 돌아갔다.

엔쇼는 "예이." 하고 의욕 없는 목소리를 내면서 키요타카의 뒤를 따랐다.

코마츠도 한동안은 두 사람 곁에 서 있었지만, 다리와 허리가 꽤나 쑤셔서 벽에 있는 의자에 앉기로 했다.

눈앞의 아시아 코너에서는 일본, 한국, 중국 등의 감정사가 열심히 전시품 체크를 하고 있었다.

그저 덤인 자신이 이렇게 쉬고 있어서 기가 죽었지만, 옆에 있어도 방해만 된다고 마음속으로 변명을 했다.

살짝 떨어진 곳에서 새삼 키요타카와 엔쇼의 모습을 관찰했다.

키요타카는 아주 즐거워 보였고, 그와 반대로 엔쇼는 험악

한 표정이었다.

"어째서지? 견습 감정사라면 이런 곳은 즐거운 법이지 않나?"

코마츠는 턱을 괴며 나직하게 중얼거렸다.

저녁때까지 감정사들은 전시품 체크를 하고 첫날 감정을 마쳤다. 그 후 일행은 푸동의 '상하이루'로 이동하게 되었다.

[3] 상하이루

1

상하이 박물관에서 '상하이루'로는 루이가 운전하는 롤스로이스를 타고 향했다.

초대받은 감정사들은 제각기 차가 마중을 왔는지 결과적으로 고급차가 몇 대나 줄지어 달렸다. 그 광경은 압권이었지만 버스를 준비하면 한 번에 갈 수 있었을 것이라고 코마츠는 생각했다. 이것은 서민적인 발상일까?

"참말로 부자는 쓸데없는 걸 좋아한데이."

같은 생각을 했는지 엔쇼가 차창으로 밖을 바라보며 질렸다는 듯이 중얼거렸다.

확실히 부자는 에너지 절약과 거리가 먼 생활을 하는 이미지가 있다. 가족 수는 적은데 아주 큰 집에 살거나 이렇게 차를 몇 대나 움직여 마중을 나오거나…….

"이게 지우 씨의 대접이겠죠."

키요타카는 아무 일도 아니라는 듯이 말하고 얼굴을 든 후 아아, 하고 환하게 웃었다.

"상하이루네요."

정신을 차리고 보니 한 건물이 눈앞에 있었다.

호텔의 발코니에서 본 상하이루는 불사리탑을 연상시켰지만, 근처까지 오니 근대적인 원통형 고층 빌딩이라는 인상이었다.

외벽은 하얗고 창문도 많으며 불교적이라기보다 세련된 분위기여서 가까이서 보는 것과 멀리서 보는 것은 이미지가 전혀 달랐다. 코마츠는 감탄하면서 빌딩을 올려다봤다.

입구 앞에 도착하자 호텔 직원 같은 스태프가 다가와 뒷좌석 문을 열어주었다. 키요타카, 엔쇼, 코마츠 순으로 차에서 내려 건물 안으로 들어갔다.

1층 로비에 접수대가 있었고, "이쪽입니다." 하고 스태프는 정중한 일본어로 말하며 엘리베이터까지 안내했다.

파티 회장은 최상층이라는 설명을 듣고 세 사람은 엘리베이터에 올라탔다. 코마츠에게는 익숙하지 않은 초고속 엘리베이터였다. '목적한 층을 넘어 천장을 뚫고 나가지는 않을까, 혹은 도착했을 때 덜컹 흔들려서 목을 다치는 건 아닐까?'라는 생각이 드는 기세로 올라가는 엘리베이터에 타니 살짝 무서웠다. 하지만 최상층에 도착해도 크게 흔들리지 않고 땡, 하는 복고적인 소리와 함께 엘리베이터의 문이 열렸다.

안도하며 가슴에 손을 얹는 코마츠를 보고 키요타카와 엔쇼는 어깨를 떨었다.

"아재, 엘리베이터를 처음 탄 원시인 같데이."

"속도가 엄청나니 무서워지는 것도 어쩔 수 없을지도 모르겠네요."

두 사람의 말은 정반대지만 둘 다 놀리고 있다는 것은 알 수 있었다. 코마츠는 흥, 하고 콧김을 거칠게 내뿜으면서 두 사람에게 얼굴을 돌리고 파티 홀을 둘러봤다.

이 최상층은 불사리탑의 지붕 같은 돔 모양 부분인 듯했다. 천장이 완만한 곡선을 그리며 정점을 향해 오므라들고 있었다. 천장에는 기하학적 모양이 그려져 있어서 마치 인도나 터키의 사원을 연상시켰다. 중앙의 오므라든 부분에서 연꽃을 연상시키는 커다란 샹들리에가 내려와 홀을 밝게 비추고 있었다.

파티는 입식 형식인지 회장 중앙에 긴 테이블이 몇 개나 놓여 있었고, 그 위에는 일식, 양식, 중식 등의 다양한 요리가 준비되어 맛있는 냄새를 풍기고 있었다. 그 옆에는 요리사와 웨이터, 그리고 회장에는 사중주단도 대기하고 있었다.

홀에는 계속해서 초대 손님이 모였다.

상하이 박물관에서 만난 감정사들은 모두 도착한 듯했다.

야나기하라는 도착해 벌써 준비해놓은 의자에 앉아 있었다. 그러자 흰 천에 은 자수가 놓인 차이나 롱드레스를 입은 이린이 모두의 앞에 나타나 마이크를 손에 들었다.

"여러분, 오래 기다리셨습니다. 아버지는 회의가 길어져 도착이 조금 늦어지신다고 하니 먼저 파티를 시작하겠습니다."

이린이 영어로 그렇게 인사하며 샴페인 잔을 손에 들었다. 사람들도 그 동작에 따라 샴페인이 든 잔을 손에 들었다.

"오늘은 정말 감사합니다. 이번 인연과 여러분의 번영을 진심으로 기원하며, 건배."

건배, 하고 사람들은 잔을 들었다. 그것이 신호인 듯 사중주단이 연주를 시작하고 요리사들이 조리를 시작했다. 손님들은 제각기 음식을 가지러 움직이기 시작했다.

"코마츠 씨, 뭘 드시고 싶으세요?"

눈치 빠르게 묻는 키요타카에게 코마츠는 괜찮다며 고개를 저었다.

"사실 여기서는 내가 형씨의 수행인이라 해도 좋을 정도야. 내가 가지러 갈 테니 말만 해."

"아아, 발코니에서는 담배도 피울 수 있는 것 같네요."

그새 흡연 구역을 찾아보다니, 이 남자는 정말로 사람의 마음을 읽을 수 있을지도 모른다 싶어서 왠지 두려워졌다. 바로 가기는 부끄러워서 "그래? 그럼 좀 있다 가볼게."라며 허세를 부렸다.

"키요타카, 오랜만이에요."

뒤에서 목소리가 들려서 키요타카는 몸을 돌렸다. 70대로 보이는 신사가 빙긋이 미소 짓고 있었다.

"이거 타카미야 씨, 오랜만입니다."

신사의 이름은 타카미야인 듯했다.

키요타카는 그의 앞으로 다가가 머리를 숙였다.

"누구지?"

코마츠는 엔쇼에게 귀엣말을 했다.

"교토의 오카자키에 사는 엄청난 부자 영감이다. 미술품 수집이 취미고."

부유층에 혐오를 느끼는 엔쇼지만 지금 말에는 가시가 없었다. 그에게는 나쁜 인상을 가지지 않은 듯했다. 그보다 어쩌면 엔쇼는 연장자는 싫어하지 않는 것일지도 모른다.

"타카미야 씨도 초대받으셨군요."

타카미야는 고개를 끄덕였다.

"이번 전시회에 내가 소유하고 있는 작품도 몇 점 기탁했거든요."

"그러셨군요. 그거 기대됩니다."

부드럽게 대답하는 키요타카를 바라보다 타카미야는 살짝 걱정스러운 얼굴로 한 걸음 앞으로 나섰다.

"그런데 키요타카."

"네."

"세이지 씨는 괜찮은 건가요?"

타카미야는 목소리를 낮췄지만 코마츠의 귀에도 들렸다.

"네?"

키요타카는 눈을 크게 뜨고 그를 마주 바라봤다.

"할아버지께 무슨 일이 있나요?"

그때 웅성거리는 소리가 났다. 지우 씨가 홀에 도착한 듯했다. 그는 50대지만 피부가 좋아서 젊어 보였다. 정력적인 사업가라는 분위기다. 그리고 곁에는 그와 닮은 젊은이가 비서처럼 따르고 있었다. 아마도 아들, 이린의 이복 오빠이리라.

"여러분, 늦어서 죄송합니다. 지우 지페이입니다."

지우는 또렷하게 들리는 목소리로 그렇게 말했다.

"이미 아실지도 모르겠지만, 저는 이 상하이를 뉴욕처럼 예술적인 도시로 만들고 싶다는 꿈을 품고 있습니다. 뉴요커에게 미술관이나 박물관은 친밀한 곳입니다. 그것은 가난한 사람에게도 마찬가지로, 바스키아도 뉴욕의 결코 유복하지 않은 집에서 자랐지만 어린 시절부터 미술관에 드나들며 예술을 접해 감성을 길렀다고 들었습니다. 저는 우선 상하이 시민이 그렇게 되기를 바랍니다. 이번 기획이 그 발판이 되었으면 합니다. 여러분, 부디 잘 부탁드립니다."

그의 말에 모두가 크게 손뼉을 쳤고, 바로 인파가 생겼다.

"키요타카, 나중에 지우 씨를 소개할게요."

타카미야는 평온한 어조로 그렇게 말했다.

"감사합니다. 그런데 할아버지 말입니다만……."

"아아, 거기에 대해서는 나중에 천천히 얘기하죠."

그런 이야기를 들으면서 코마츠는 담배를 들고 발코니로 향했다. 밖으로 나가자 먼저 온 사람들이 담배를 피우며 즐겁게 이야기하고 있었다.

코마츠가 담배를 입에 물었다.

"안녕하세요."

그러자 옆에서 영어가 들려서 코마츠는 얼굴을 돌렸다. 그 정도는 알아들을 수 있지만, 귀에 끼워둔 이어폰이 친절하게 그녀의 말을 번역해줬다.

"옆으로 가도 될까요?"

그렇게 말한 것은 40대로 보이는 아름다운 여성이었다. 머리를 파티용으로 말고 가슴이 파인 드레스를 입고서 요염하게 미소 짓고 있었다. 살짝 벌어진 입가와 처진 듯한 눈가의 눈물점이 색향을 풍기고 있었다.

"아, 네, 그러세요."

코마츠가 일본어로 그렇게 대답하자 그녀는 고맙다며 옆에 섰다.

아키히토가 데려온 아이돌이나 영애 이린도 매력적이었지만, 자신에게 딸이 있는 탓인지 너무 젊은 여자는 어린아이로만 보이는 부분도 있었다. 하지만 또래 여성이 되면 이야기는 다르다.

달콤한 꽃 같은 향기도 어우러져서 그 매력에 현기증을 느꼈다. 그녀는 가느다란 시가를 물었다. 코마츠가 바로 불을 붙여주자 "고마워요." 하고 미소 지었다.

"일본 사람이죠?"

네, 하고 코마츠가 표정을 바로 하고 평소보다 낮은 목소리로 동의했다.

"나는 아이리 양이에요. 홍콩에서 왔어요. 잘 부탁해요."

그녀가 악수를 권하는 손을 내밀자 코마츠는 몰래 바지에 손을 닦고 그녀의 손을 마주 잡았다. 뱅어 같은 손에는 보기에도 값비싼 반지와 팔찌가 끼워져 있었다.

"코마츠 카츠야라고 합니다."

"이번 전시회에 내가 소유하고 있는 작품을 빌려줬어요."

그녀는 그렇게 말하고 후후후 웃었다. 보기에도 부호의 냄새가 났다.

코마츠는 '역시.'라고 생각하며 고개를 끄덕였다. 그야말로 홍콩 마담. 여배우라는 말을 들어도 믿을지 모른다.

"그런데 코마츠 씨?"

"네."

"저기 있는 젊은 남자들은 당신이 데리고 온 사람인가요?"

아이리는 고개를 돌려 키요타카와 엔쇼를 봤다.

실제로는 '나를 데리고 와줬다'는 표현이 옳지만 설명하기 귀찮아서 코마츠는 "네." 하고 대답했다.

"저 남자, 멋지네요. 검은 머리와 흰 피부에 스마트한 미남자."

아이리는 키요타카에게 뜨거운 시선을 보내며 시가 연기를 토했다.

"아아, 그러네요."

"난 한 층 아래 묵고 있는데, 오늘 밤 저 남자에게 방으로 오라고 전해주겠어요? 결코 나쁘게는 하지 않을게요."

코마츠는 무심코 일본어로 "네에."라고 대답했다.

"이게 방 번호예요."

그녀는 자신의 명함에 번호와 '내게 봉사를 해줘요. 당신에게 나쁘게는 하지 않을 테니까'라는 메시지를 적어 코마츠에게 건넸다.

매력적으로 느껴졌던 그녀에게서 갑자기 마음이 사그라드는 것을 느끼며 코마츠는 명함을 받았다. 아이리는 부탁한다며 윙크하고 홀로 돌아갔다.

코마츠는 멍하니 명함에 눈길을 떨어뜨리고 스마트폰으로 검색했다. 아무래도 코마츠의 직감대로 그녀는 젊을 때 배우를 한 듯했다. 그 후 부호와 결혼해 은퇴. 하지만 3년 만에 이혼하고 지금은 화장품 관련 회사의 사장을 맡고 있는 듯했다.

젊은 여성들이 동경하는 존재이기도 한 모양이다. 지우 씨의 애인이라는 소문도 있다고 한다. 애인이라 해도 지우 씨도 그녀도 독신이니 연인 사이라 해도 상관없겠지만, 서로 '연인'이라고 공언하는 존재는 따로 있는 듯했다.

"어른들의 관계로군."

코마츠는 중얼거렸다.

"그런 어른이자 동경받는 40대 여사장은 젊은 꽃미남을 원하는 겁니까."

이것 참, 하고 담배를 재떨이에 비비고 홀로 돌아갔다.

키요타카는 심각한 표정을 띠며 팔짱을 끼고 있었다.

"형씨, 왜 그런 얼굴을 하고 있어?"

코마츠가 말을 걸자 키요타카는 정신이 돌아온 듯이 얼굴을 들었다.

"죄송합니다. 할아버지가 걱정돼서요."

"타카미야 씨가 한 말 때문에 그래?"

키요타카는 고개를 끄덕였다.

"여기에 오기 전부터 이런 큰 이벤트에 참석하지 않아서 이상하다고 생각하고 있었습니다. 몸이 좋지 않나 걱정했지만, 아버지에 의하면 여전히 건강하시다고 합니다. 저도 만나러 가려 했지만 바쁘다고 피하셔서……."

"그야 무슨 일이 있었던 거겠지. 형씨를 만나면 마음을 읽히니까 오너도 만나는 걸 피한 거야."

"마음을 읽는다는 건 과장입니다만……."

키요타카는 쓴웃음을 지었다.

그때 시야에 아이리의 모습이 들어왔다. 이쪽을 보고 눈짓을 하고 있었다.

"아, 그렇지. 저쪽에 있는 홍콩 마담이 네게 이걸 주라더군."

코마츠는 손에 들고 있던 명함을 키요타카에게 내밀었다.

"제게요?"

"응, 오늘 밤 방으로 와 달래."

그 말에 근처에 있던 엔쇼가 큭큭 웃었다.

"마담의 지명이데이. 분발하소."

키요타카는 명함을 손에 들고 아이리 쪽으로 얼굴을 돌렸다.

시선이 마주치자마자 그녀는 요염하게 미소 지었다. 키요타카는 싱긋 웃고 명함을 한 손에 쥐고 뭉갰다. 아이리도 코마츠도 눈을 동그랗게 떴고, 엔쇼는 웃음을 터뜨렸다.

"아, 이봐, 실례잖아."

"실례는 어느 쪽이 한 겁니까? 만약 그녀가 남자고 제가 여성이라고 생각해보세요."

돈 많은 사장이 젊은 여성에게 '오늘 밤 내 방으로 와서 봉사해라. 네게 나쁘게 하지는 않을 테니'라는 메시지가 적힌 명함을 건네면 성희롱 문제로 끝나지 않을 것이다.

확실히 그렇다며 코마츠는 쓴웃음을 지었다.

"남자든 여자든 돈과 권력을 가지면 똑같아지는 건가?"

"그건 성별과 상관없이 사람마다 다른 거 아닐까요? 부유할 때도 가난할 때도 사람은 품격을 잃지 않아야 합니다. 제발 자아성찰 좀 하며 살았으면 하네요."

그런 대화를 나누는 사이에 지우 씨는 "미안합니다, 아직 일이 남아서요. 부디 느긋하게 시간을 보내십시오."라는 말을 남기고 회장을 뒤로했다.

조금 떨어진 곳에 있던 타카미야가 다시 곁으로 다가와 아쉽다는 듯이 어깨를 내렸다.

"당신을 소개하고 싶었는데."

"다시 기회가 있을 겁니다."

키요타카는 아쉬움도 별반 없는 듯한 기색이었다.

"모처럼 좋은 기회이니 아들에게라도 인사를 해볼까요."

타카미야는 지우 씨의 곁에 있던 청년 쪽으로 걷기 시작했다.

키요타카, 코마츠, 엔쇼도 그의 뒤를 따랐다.

"안녕하세요, 지우 슈엔 씨."

타카미야는 쉬운 영어로 아들의 등에 말을 걸었다.

청년은 살짝 의아하다는 듯이 고개를 돌렸다. 지우 씨의 아들이자 이린의 이복 오빠 슈엔은 그림을 그린 듯한 이목구비와 아주 산뜻한 용모를 가졌고, 이린과는 닮지 않았다.

"오랜만입니다. 타카미야입니다."

타카미야가 이름을 밝히자 그는 가볍게 인사를 했다.

"타카미야 씨. 이번에 협력해주셔서 감사합니다."

"아닙니다, 멋진 기획에 협력하게 돼서 기쁩니다."

"멋진가요? 상하이 시민의 마음을 사로잡으려고 돈 한 푼 못 버는 일에 거금을 쓰며 노력해도 부자의 도락이라고 야유만 받는데……."

슈엔은 화가 치민다는 듯이 중얼거렸다.

이번 기획에 딸인 이린은 찬성하는 듯하지만 아들 쪽은 그렇지 않은 모양이다.

슈엔은 입을 잘못 놀렸다는 듯이 화제를 바꿨다.

"타카미야 씨, 당신도 많이 힘드셨겠군요."

"……뭐, 어쩔 수 없는 일이죠."

"처분은 받지 않는 건가요?"

"처분이고 뭐고, 저는 제작 과정을 봤습니다. 도저히 납득할 수 없어서 다시 한번 조사받으려고 생각하고 있습니다만……."

"그런가요……."

두 사람의 대화는 번역기를 통해 코마츠의 귀에도 들렸다. 하지만 일본어로 들어도 무슨 이야기를 하고 있는지 이해할 수 없었다.

"그렇지, 이 친구는 일본의 젊은 감정사입니다."

타카미야는 키요타카의 등에 손을 댔다.

"안녕하세요, 야가시라 키요타카입니다."

악수할 손을 내미는 키요타카를 바라보며 슈엔은 눈썹을 희미하게 찌푸렸다.

"야가시라라면."

"네, 이 친구는 세이지 씨의 손자입니다. 아주 우수하답니다."

그런가요, 라고 슈엔은 중얼거리고 "그렇지." 하고 얼굴을 들었다.

"당신들 일본인 감정사들이 개인적으로 감정해줬으면 하는 것이 있습니다. 잠시 시간 괜찮을까요?"

"네, 물론입니다."

슈엔은 곁에 있던 수행인을 불러 그 물건을 가져오도록 지시했다. 키요타카는 홀에 있는 일본인 감정사들을 불러들였다. 슈엔은 괜히 시끄럽게 만들고 싶지 않다면서 홀 옆의 빈방으로 이동했다. 키요타카를 비롯한 일본인 감정사 10명은 대체 어떤 작품일지 기대하며 빈방으로 들어갔다.

방 중앙 테이블 위에 작은 나무 상자가 놓여 있었다.

"상자는 새 거네요."

"원래 상자가 없어져서 새로 만들었겠제."

"안에는 다완이 든 것 같네요."

이곳저곳에서 소곤거리는 목소리가 들렸다.

감정사들의 체크는 상자부터 시작됐는지 제각기 눈을 빛내고 있었다.

"이것은 어쩌면 세계의 보물에 추가될 일품일지도 모른다며 누군가가 제게 가져온 물건입니다."

세계적인 대부호의 집안에 들어온 세계의 보물이 될 수 있는 물건이란 무엇일까?

코마츠와 엔쇼를 포함한 감정사의 수행인도 숨을 삼켰다.

슈엔이 천천히 뚜껑을 열었다.

"!"

모습을 드러낸 다완을 보고 옆에 선 엔쇼의 어깨가 움찔 떨렸다. 엔쇼뿐만 아니라 몇몇 감정사가 얼굴을 굳혔다. 아무런 지식도 감정안도 없는 코마츠도 놀랐다.

바로, 요헨텐모쿠 다완이었다.

오늘 상하이 박물관에서 본 세 다완과 문양은 다르지만, 칠흑 속에 비눗방울 같은 반점이 아름답게 퍼져서 우주를 연상시키는 느낌은 비슷했다.

"거짓말이지?"

감정사 중 한 사람이 중얼거리자 야나기하라는 쓴웃음을 지었다. 그러자 키요타카가 다른 감정사가 이 이상 발언하는 것을 막듯이 말을 꺼냈다.

"완성도는 훌륭하지만 이것은 위작입니다."

다른 감정사들은 입을 다물었고 슈엔의 눈썹이 실룩거렸다.

"……야가시라 씨, 이 훌륭한 다완을 앞에 두고 위작이라고 단언하는 겁니까?"

슈엔은 언성을 높였다.

"네, 실은 최근 과학적으로 요헨텐모쿠 다완을 만든 팀이 있습니다. 그들이 과학적으로 만든 요헨텐모쿠 다완의 완성도는 놀랄 정도입니다. 아마 이것은 그곳에서 만든 다완이 유출돼 악의를 가진 위작으로 탈바꿈한 거겠죠."

"악의를 가진 위작으로 탈바꿈했다니요?"

"과학적으로 만든 요헨텐모쿠 다완에 '시대 첨가'라는 세월을 입히는 작업을 한 겁니다. 이것은 요헨텐모쿠 다완을 재현하고 싶다는 순수한 마음에서 만들어진 다완이 돈벌이의 도구로 바뀐 증거입니다. 그리고 아무리 이 문양을 아름답게 재현해도 토대인 다완의 모습이 다르므로 위작인 것은 확연합니다."

그러자 비서에게 통역을 받던 야나기하라가 고개를 끄덕였다.

"맞다. 이건 위작이데이."

"만약 믿을 수 없다면 과학 분석을 해보십시오."

키요타카가 그렇게 덧붙이자 슈엔은 분한 듯이 얼굴을 일그러뜨렸다.

"……알겠습니다. 고마워요, 시간을 빼앗았군요."

그리고 마치 도망치듯이 홀로 돌아갔다. 오만상을 찌푸리는 그의 옆얼굴이 강하게 인상에 남았다.

어쩌면 이 다완에 거금을 지불했을지도 모른다. 감정사 중에서도 몇 사람이 슈엔과 마찬가지로 분한 표정을 짓고 있었다. 그들은 진품이라고 생각한 듯했다.

"실은 최근 과학적으로 만들어진 요헨텐모쿠 다완을 감정했었는데, 완성도가 너무 높아서 놀랐습니다. 그래서 바로 알 수 있었습니다."

키요타카는 바로 그들의 마음을 달래듯이 말했다.

감정사들은 그랬냐면서 이해하는 듯한 표정을 띠었지만 분한 표정을 지우지 못하는 한 사람이 있었다.

엔쇼였다.

뿌득거리는 소리가 들릴 만큼 어금니에 힘을 주는가 싶더니 다음 순간 방을 뛰쳐나갔다. 키요타카는 바로 엔쇼의 뒤를 쫓았고, 코마츠도 뒤따랐다.

"엔쇼!"

키요타카는 떠나려 하는 엔쇼의 등에 소리쳤다. 엔쇼는 발걸음을 멈췄지만 아무 말도 하지 않았다.

"어디로 갈 생각입니까?"

"……이제 됐다."

"뭐가 이제 됐다는 거죠?"

"알고 있다 아이가. 내는 무리다. 아무리 노력해도 니를 못 따라잡는다."

엔쇼는 등을 돌린 채 그렇게 말했다.

"지금도 그렇다. 내는 그걸 진품이라고 믿었다."

"……지금 위작은 완성도가 상당했습니다."

다른 감정사도 진품이라고 생각했을 정도니 까다로운 물건임에 틀림없다.

"아이다. 낮에도 그랬다. 내는 그림에 대해서는 그래도 좀 안다. 하지만 전부터 도자기는 전혀 모르겠다. 댁이 진품과 모방품의 차이를 가르쳐줘도 솔직히 전혀 모르겠다. 댁이 위작에 대해 이러쿵저러쿵 나쁘게 말할 때마다 내한테 하는 말 같고. 맞다, 내는 뿌리부터 가짜다. 애초에 내한테는 감정사에게 필요한 '눈'이 없다. 내는 댁이나 아오이 씨와는 다르단 말이다!"

엔쇼는 등을 돌린 상태로 지금까지 쌓아온 모든 것을 토하듯이 강한 어조로 내뱉었다. 어깨가 조금씩 떨리고 있었다. 어쩌면 울고 있을지도 모른다.

침묵 속에서 엔쇼는 크게 숨을 내쉬었다.

"이제 됐다, 충분하데이. 내는 감정사는 못 될 거다."

엔쇼는 그렇게 말하고 다시 뒤돌아보지 않은 채 걷기 시작했다. 이윽고 그의 모습이 보이지 않게 됐다.

키요타카는 아무 말 없이 바라볼 뿐, 쫓아가지 않았다. 옆에 있던 코마츠는 쫓아가지 않아도 되겠느냐고 물으려다 입을 다물었다. 키요타카가 무척 괴로운 표정을 띠고 있었기 때문이다. 아마 키요타카는 엔쇼의 마음을 손에 잡힐 듯이 이해하리라. 그래서 마냥 쫓아갈 수만은 없는 것이다.

난처해진 코마츠가 고개를 돌리니 야나기하라도 통로로 나와 침통한 얼굴을 보이고 있었다.

"야나기하라 선생님…… 괜찮으시겠습니까?"

코마츠가 작은 목소리로 묻자 야나기하라는 가만히 어깨를 으쓱거렸다.

"키요타카와 있는 편이 '빠르다'고는 생각했지만, 생각했던 것보다 빨랐데이……."

야나기하라의 그런 중얼거림을 듣고 코마츠는 "네?" 하고 눈을 깜빡였다.

"빠르다는 게 그런 뜻이었습니까? 형씨 곁에 있으면 라이벌끼리 성장하는 게 아니라요?"

"그렇게 될 가능성에도 걸었는데, 그 자슥은 '소질'은 있지만 감정사로서 있는 게 아이다. 이른바 다른 세계 사람이다. 하지만 이 세계에 몸담고 싶다고 발버둥 치길래. 엔쇼에게는 그

녀석의 소질을 더 성장시킬 세계가 있다고 생각했고, 그 결론을 빨리 내리려면 키요타카 곁이 제일 좋다고 생각한 거데이."

코마츠는 "그런 거였군요." 하고 중얼거렸다.

그때 자리의 분위기를 깨듯이 키요타카의 스마트폰이 울렸다. 키요타카는 "실례합니다." 하고 주머니에서 스마트폰을 꺼냈다. 아무래도 전화가 아니라 문자였던 모양이다.

키요타카는 화면을 보고 바로 안색을 바꿨다.

"형씨, 왜 그래?"

"이걸 보세요."

화면에는 아오이의 사진이 찍혀 있었다. 캐리백을 들고 요시에와 함께 공항을 걷는 모습이다. 그곳은 국내 공항이 아니었다. 아마 뉴욕의 JFK 공항이리라.

"아아, 아가씨가 뉴욕에 도착했군."

코마츠는 그렇게 말하다 바로 입을 다물었다.

다음 사진은 아오이와 요시에의 뒷모습이었다. 두 사람이 지하철을 타는 사진도 있었다. 아오이도 요시에도 이렇게 누군가에게 사진 찍히는 것을 눈치채지 못한 듯했다.

"뭐야 이거."

다음 순간 키요타카의 스마트폰이 울렸다. 이번에는 전화인 듯했다.

키요타카는 "모르는 번호네요."라고 중얼거리고 전화를 받았다.

"네."

— 오랜만이야, 내가 누군지 알겠어?

그 목소리는 코마츠의 귀에도 들렸다.

"네, 압니다, 시로 씨."

키쿠카와 시로다.

— 내가 보낸 선물, 마음에 들어? 13시간 비행을 마치고 기대와 불안을 가슴에 품은 채 뉴욕 땅에 내려선 아오이의 모습, 보고 싶었지?

"…………."

평소의 키요타카라면 여기서 재치 있는 말 한마디쯤 되받아치겠지만 지금은 아무 말 없이 입에 손을 대고 있었다.

그 얼굴은 창백해져 있어서 사태를 심각하게 받아들이고 있다는 것이 전해져 왔다.

'형씨, 대화를 끌어.'

코마츠는 작은 목소리로 그렇게 말하고 바로 빈방에 놓아 둔 가방을 들고 돌아왔다. 가방에서 노트북과 코드를 꺼내 키요타카의 스마트폰과 연결했다. 그리고 복도의 융단 위에 컴퓨터를 놓고 주저앉아 키보드를 두드렸다.

"네, 배려해주셔서 감사합니다."

키요타카는 평상심을 회복했는지 침착한 어조로 대답했다.

— 인사할 것까지는 없어. 실은 네게 부탁이 있거든.

"부탁이라니요?"

— 부탁은 두 개야. 하나는 같은 회장에 아이리 양이라는 여성이 있지? 그녀는 내 고객이야. 너를 원하니 꼭 그녀를 만족시켜줘. 그리고 또 하나는 파티에 참석한 노인, 타카미야 씨가 이번 전시회에 기탁한 그림을 몰래 가져와줘.

"몰래 가져와요?"

— 타카미야 씨가 기탁한 건 아시야 타이세이의 작품이야. 나는 다시 한번 지우 씨의 마음을 사로잡고 싶어. 그러려면 아시야 타이세이의 작품이 필요해.

"즉 당신은 제게 매춘과 도둑질을 강요하는 거군요?"

— 듣기 거북하군. 그녀를 만족시킨다면 그걸로 충분하고, 어느 쪽이든 어디까지나 '부탁'이야. 억지로 하라고는 안 해.

"……타카미야 씨가 소유하고 있는 그림을 훔치는 데 성공한다 해도 지우 씨가 그런 도난품을 원할까요? 그리고 애초에 보물은 그 밖에도 많이 있을 텐데 어째서 아시야 타이세이의 작품을?"

— 그는 믿을 수 없을 만큼 아시야 타이세이의 작품에 영혼을 빼앗겼어. 다른 작품으로는 교섭도 안 되겠지만, 아시야 타이세이의 작품이라면 달라. 설령 도난품이라도 원할 거야. 네게 아오이 같은 거지.

놀리는 듯한 그의 말을 듣고 키요타카는 후훗, 하고 웃었다.

"아아, 저를 그렇게 생각하셨군요? 그래서 여자친구의 사진을 보낸 거네요."

— 맞아. 네 아킬레스건이기도 하고.

"아오이 씨는 좋아합니다. 그녀에게는 약하고, 그녀가 아주 귀엽다고 생각합니다. 하지만 여자라면 그녀 말고도 있습니다. 지우 씨의 아시야 타이세이 정도라고 말하셔도……. 저는 제 자신이 제일 소중한 사람이라서요."

이것은 아오이를 보호하기 위한 키요타카의 거짓말이다. 그 증거로 살에 손톱이 박히는 게 아닐까 싶을 만큼 주먹을 움켜쥐고 있었다. 하지만 말만 들으면 본심이라는 생각이 들 만큼 연기에서 박진감이 넘쳤다.

— ……뭐, 그럴 수 있지. 너는 자기 인생과 연인을 저울질했을 때 망설임 없이 자신의 인생을 선택할 것 같으니.

"잘 아시네요. 그러니 당신의 소원은 못 들어드리겠군요."

키요타카는 당장이라도 전화를 끊을 듯한 말투로 말했다.

— 하지만 너는 해야 할 거야.

"어째서죠?"

— 야가시라 세이지의 오명을 씻고 싶잖아?

"할아버지의 오명이요?"

— 내가 지우 씨에게 버림받은 건 아시야 타이세이의 위작

을 그에게 팔았기 때문이야. 나는 그게 가짜일 줄은 몰랐어. 확실한 통로로 매입했고, 만약을 위해 사람을 써서 야가시라 세이지에게도 감정을 받았거든.

키요타카가 눈을 크게 떴다.

"어째서 할아버지에게 받았죠? 회화는 전문이 아닙니다만."

— 야가시라 세이지는 아시야 타이세이가 생전에 연 개인전에도 간 적이 있다는 정보를 입수했거든. 전문이 아니라 해도 한 번 본 적 있는 그림이면 다를 거잖아? 야가시라 세이지에게 보증을 받으면 틀림없다고 생각했고, 결과적으로 야가시라 세이지는 진품이 틀림없다고 단언했어.

"……큭."

— 이 사건은 일부 사람밖에 몰라. 하지만 네가 협력해주지 않는다면 세상에 널리 알릴 거야. 아주 과장되고 충격적으로. 그러면 지금까지 쌓아온 야가시라 세이지의 명성은 모두 땅바닥으로 떨어지겠지? 그 영향은 네게도 적지 않을 텐데?

"……애초에 저는 평범한 견습 감정사입니다. 도둑질을 할 수 있을 거라고 생각합니까?"

— 평소의 너는 무리겠지만, 너는 지금 감정사로서 지우 씨의 영역에 들어가 있어. 거기에 추가로 네 능력을 구사하면 불가능하지는 않을 거야.

"……그건 어떤 그림인가요?"

— 나도 본 적이 없어서 잘 모르겠지만 중국의 풍경화라더군. 너라면 바로 알 수 있을 거야. 아시야 타이세이가 그린 작품에는 존재감이 있어.

"기한은 언제까지죠?"

— 그건 물론 작품이 상하이에 있는 동안이지. 참, 일을 크게 만들고 싶지 않으니까 너의 아오이에게는 이 일을 알리지 말도록 해. 귀국시킬 생각도 말고, 귀국시켜도 감시는 붙을 거야. 네가 약속을 어기면 그녀가 부상을 입게 될지도 몰라.

"……알겠습니다."

키요타카는 이마에 손을 대고 크게 숨을 내쉬었다.

— 알아줘서 기쁘군.

"만약 성공하면 그 그림은 어디로 가져가면 되나요?"

— 장소는 나중에 문자로 보낼게. 그럼 또 연락하지.

전화가 끊어지자마자 키요타카는 핏기를 잃고 앞으로 고꾸라질 뻔하다 화면을 확인했다.

"코마츠 씨."

역탐지를 했는지 궁금했을 것이다. 옆에서 코마츠가 고개를 끄덕였다.

화면에는 상하이의 지도가 표시되어 있었다. 세세하게 특정하지는 못했지만 난징둥루 부근에 마크가 떠 있었다. 키쿠카와 시로는 뉴욕이 아니라 상하이 시내에 있는 듯했다.

"그 사진은 누군가를 고용해 찍은 거데이."

키요타카는 머리를 마구 긁적였다. 그의 모습에서 동요가 전해져왔다.

키요타카는 입을 다물었다가 "그러고 보니." 하고 스마트폰을 들고 SNS에 들어갔다.

'엄마가 뉴욕에 간다고 해서 나도 따라감. 그런데 엄마는 여성 전용 이벤트에 참가한다고 해서 머무는 동안에는 따로 다닐 듯.'

아무래도 리큐의 SNS인 듯했다. JFK 공항을 배경으로 피스 사인을 하는 셀카를 찍어 올린 리큐의 게시물을 보고 키요타카는 희미하게 표정을 풀었다.

"맞아요. 요시에 씨가 뉴욕에 가면 리큐도 따라가고 싶다고 했거든요. 리큐의 아버지도 갔다 오라고 했고요."

바로 스마트폰을 들고 리큐에게 메시지를 보내기 시작했다.

'자세한 사정은 나중에 설명할 테니, 나는 지금 아오이 씨를 인질로 협박당하고 있어요. 부디 머무는 동안 아오이 씨의 보디가드를 맡아줘요. 다만 여성 전용 투어이니 여장을 해줘요.'

일방적인 키요타카의 요청을 받고 내용을 확인한 리큐의 "어, 그게 뭐야."라는 비명 같은 목소리가 들리는 것 같았다.

'당신밖에 부탁할 사람이 없어요. 잘 부탁해요. 그리고 아오

이 씨를 노리고 있다는 건 그녀에게는 비밀로 해줘요.'

키요타카는 거기까지 입력하고 스마트폰을 주머니에 넣었다.

"우선 아시야 타이세이에 대해 조사해야겠어요."

강한 어조로 말하는 키요타카에게 코마츠는 말없이 고개를 끄덕였다.

[4] 어떤 화가의 비밀

1

키쿠카와 시로에게 '부탁'이라는 명목의 협박을 받은 기요타카는 서둘러 움직일 듯했지만 그렇지 않았다.

차분하게 일을 진행하는 편이 아오이의 신변 안전이 더 오래 보장된다고 생각한 듯했다. 엔쇼로 말하자면, 코마츠가 몇 번이나 전화를 걸었지만 받지도 않고 모습을 보이지도 않았다. 캐리어와 여권을 호텔 방에 놓고 왔기 때문에 아직 상하이에 있는 것과 언젠가 방으로 돌아올 것은 명백했다.

키요타카는 상하이 박물관 감정을 반나절 쉬기로 하고 타카미야가 머무는 호텔로 향했다. 그가 머무는 곳은 푸동의 모리 빌딩, 상하이 월드 금융 센터였다. 101층짜리 타워 빌딩이고 상하이 힐즈라고 불리고도 있다고 한다.

타카미야는 93층 스위트룸에 묵고 있었다. 엘리베이터에 타니 벽에 사람 세 명이 인사하는 새하얀 오브제가 설치되어 있어서 깜짝 놀랐다.

이것도 근대 예술이라는 건가?

이 빌딩의 엘리베이터도 고속이어서 순식간에 93층에 도착했다.

"잘 왔어요."

타카미야는 쾌활하게 키요타카와 코마츠를 방으로 맞이했다.

상하이 힐스의 스위트룸은 유러피언 스타일이 아니라 심플하고 세련된 분위기의 방이었다. 호텔의 방이라고는 생각할 수 없는 높은 천장은 개방감으로 넘쳐났다. 창문에서는 동방명주 전시탑을 눈 아래로 내려다볼 수 있었다.

이런 방에서 하룻밤이라도 지낸다면 세상의 승자가 된 듯한 기분에 빠질 것이다.

"시간을 내주셔서 감사합니다."

"아니에요, 나는 늘 시간에 여유가 있으니까 환영이에요. 어서 앉아요."

타카미야의 권유를 받고 코마츠와 키요타카는 소파에 앉았다.

"참 멋진 경치네요."

코마츠가 그렇게 말하자 타카미야는 "그러네요." 하고 미소 지었다.

"지우 씨가 전시회 사전 오픈 날 밤에 불꽃을 쏘아 올린다고 해서 지금부터 기대가 되네요."

타카미야는 익숙한 몸짓으로 차를 타서 키요타카와 코마츠의 앞에 내놓았다.

"감사합니다."

두 사람은 인사했다.

한 모금 마시고 키요타카는 타카미야를 똑바로 바라봤다.

"할아버지 일과 아시야 타이세이라는 화가에 대해 여쭙고 싶습니다. 슈엔 씨와 나눈 대화를 듣고 혹시나 했습니다만, 타카미야 씨, 당신은 몇 점 소유하고 있는 아시야 타이세이의 작품을 기탁하려 했지만 위작 판정을 받고 철회하지 않으셨습니까?"

코마츠는 이야기를 들으면서 전날 파티에서 슈엔과 타카미야가 나눈 대화를 떠올렸다.

'타카미야 씨, 당신도 많이 힘드셨겠군요.'

'……뭐, 어쩔 수 없는 일이죠.'

'처분은 받지 않는 건가요?'

'처분이고 뭐고, 저는 제작 과정을 봤습니다. 도저히 납득할 수 없어서 다시 한번 조사받으려고 생각하고 있습니다만…….'

'그런가요…….'

타카미야는 곤란한 듯이 눈을 내리떴다.

"실은 그래요. 그게 도저히 풀리지 않아서……."

"위작이라는 것이 말인가요?"

타카미야는 고개를 끄덕이고 자리에서 일어났다.

"이쪽으로 잠시 와 봐요."

키요타카와 코마츠도 일어나 타카미야의 뒤를 따랐다.

그는 안쪽 방의 문을 열었다. 그곳에는 그림 다섯 점이 벽에 기대어 세워져 있었다. 일본의 풍경화가 두 점, 중국의 풍경화가 두 점, 그리고 만다라가 한 점, 총 다섯 점이었다.

아주 아름답게 그려져 있어서 코마츠에게는 고개가 갸웃거려지는 근대 예술보다 훨씬 가치가 있어 보였다.

"이것이 아시야 타이세이의 작품이로군요."

타카미야는 고개를 끄덕였다.

"맞아요. 내가 아시야 타이세이라는 화가를 만난 건 지금으로부터 25년 전쯤인 것 같네요. 무명 화가들이 모여 오사카에서 개인전을 열었어요. 나는 그의 작품이 아주 마음에 들어서 그 후, 지금으로부터 20년 전에 그가 개인전을 여는 것도 도와줬어요. 그때는 세이지 씨도 보러 왔었죠."

키요타카는 말없이 이야기를 들었다.

"세이지 씨도 아시야 씨의 작품을 보고 좋은 솜씨라고 인정했어요. 그도 그 말을 격려 삼아 노력하겠다고 했지요."

그런 일이 있었냐며 코마츠는 맞장구를 쳤다.

"하지만 안타깝게도 그때 개인전에서 팔린 그림은 몇 점에 불과했어요. 참고로 여기 있는 그림은 모두 그때 전시했던 작품이에요. 그리고 이 중에서 팔린 건 저 만다라뿐이었어요. 다른 네 점은 당시 내가 사들인 겁니다."

'여기 있는 다섯 점의 그림은 모두 약 25년 전 개인전에 전시되었던 것. 하지만 이 중에서 팔린 건 만다라뿐, 나머지 네 점은 타카미야가 구입한 거라.'

코마츠는 속으로 되뇌어봤다.

"그는 개인전에서 생각했던 만큼 그림이 팔리지 않아 낙담했어요. 그 후 슬럼프에 빠져서 모습을 감추고 말았죠."

타카미야는 유감스럽다는 듯이 말한 후 "하지만." 하고 말을 이었다.

"그로부터 10년이 지나 그가 다시 부활했다는 이야기를 들었어요. 예전보다 뛰어난 그림을 그리게 됐다고. 부활한 그의 그림은 조금씩이지만 일본보다 중국에서 반응이 있었던 것 같아요. 나도 우연이지만 중국에서 부활한 뒤 아시야가 그린 작품을 발견해서 한 점 구입할 수 있었어요. 그 작품이 훌륭해서 다시 한번 그를 꼭 만나고 싶었지만, 그는 이미 죽은 뒤였습니다."

타카미야는 거기까지 이야기하고 크게 숨을 내쉬었다.

키요타카는 만다라로 시선을 돌렸다.

"이 만다라는 금강정경을 주로 한 〈금강계 만다라〉네요. 이것은 당시 개인전에서 팔렸다고 말씀하셨는데, 어떤 경위로 여기에 있게 된 건가요?"

"이 그림이 소동의 계기예요. 이 그림은 미술품 브로커가 지우 씨에게 팔기 위해 어딘가에서 찾아온 것인데, 그 브로커는 지우 씨에게 가져가기 전에 세이지 씨에게 그림을 보내 이 작품이 아시야 타이세이의 작품이 틀림없는지 확인했다고 해요. 약 25년이 지났다고는 하나 세이지 씨는 아시야 타이세이의 개인전에서 실제로 이 그림을 봤어요. 세이지 씨는 이 그림은 그때 작품이 틀림없다며 보증했어요. 거기에는 나도 이의는 없습니다."

그 미술품 브로커가 키쿠카와 시로다.

키쿠카와 시로는 아시야 타이세이의 그림을 찾아 헤매다 25년 전 개인전에서 팔린 몇 안 되는 이 작품을 발견해 야가시라 세이지의 감정을 거쳐 지우 씨에게 가져간 것이다.

"지우 씨는 그것을 믿고 이 〈금강계 만다라〉에 거금을 냈어요. 하지만 입수하고 나서 이미 집에 있는 아시야 타이세이의 작품과는 다른 느낌을 받았다고 해요. 기법은 비슷해도 마음을 사로잡지 못했다더군요. 그래서 철저하게 조사하기 위해 과학 분석을 의뢰하니 다른 사람이 그린 것이라는 결과가 나왔다고 해요."

키요타카는 말없이 미간을 찌푸렸다.

"상당히 실력 좋은 위작자가 아시야 타이세이의 작품을 만들었다는 이야기였어요. 하지만 아시야 타이세이는 지우 씨가 주목할 때까지 거의 무명이었던 화가예요. 그런 작가의 위작을 준비할 수 있는 건 그림을 가져온 브로커밖에 없다며 지우 씨는 격노해서 그때까지 마음에 들어 했던 그 브로커를 내보내고 이 그림을 처분하려 했어요. 그래서 내가 황급히 그것을 막고 이 그림을 받은 겁니다."

그래서 지금 여기에 있는 것이다.

"한편 나는 지우 씨가 아시야 타이세이의 그림을 마음에 들어 한다는 이야기를 듣고 의기양양하게 이번 전시회에 기탁하려고 가지고 있던 전부를 상하이까지 가져왔지만, 그런 일이 있었기 때문에 과학 분석을 하기로 했어요. 그랬더니 지금 여기 있는 작품 전부가 위작이라는 결과가 나왔죠."

키요타카는 "즉." 하고 팔짱을 꼈다.

"지우 씨가 베이징의 경매에서 한눈에 반해 낙찰한 아시야 타이세이의 작품과 여기 있는 아시야 타이세이의 작품은 다른 사람의 것이었다고 과학적으로 증명된 거군요. 하지만 할아버지도 당신도 아시야 타이세이 본인이 연 개인전에서 실제로 이 그림을 봐서 납득이 가지 않는다는 거고요."

타카미야는 네, 하고 고개를 끄덕였다.

"진품이라고 감정된 건 내가 나중에 중국에서 구입한 아시야 타이세이가 부활 후 그린 작품뿐이었어요. 그건 이번 기획에 기탁하고 있고요."

그 작품을 키쿠카와 시로가 훔치라고 했다. 아마 도난 소동의 여파가 잠잠해질 무렵 자신이 발견했다며 지우 씨에게 팔 생각일 것이다.

"어떤 그림인가요?"

"옛날 중국의 거리를 그린 거예요."

"타카미야 씨는 위작이라고 감정받은 전기의 아시야 작품과 부활 후, 후기의 아시야 작품의 차이를 어떻게 보고 계신가요?"

"확실히 작풍은 달라졌어요. 불교색이 조금 들어갔다고 해야 하나요. 다만 그건 성장이라고 생각했어요. 베르메르가 공백기를 거쳐 작풍을 바꿨듯이 아시야 타이세이도 그렇다고요."

키요타카는 흐음, 하고 팔짱을 꼈다.

"베르메르의 공백기라니?"

코마츠가 불쑥 묻자 키요타카는 "아." 하고 얼굴을 들었다.

"베르메르는 〈진주 귀고리를 한 소녀〉로 유명한 16세기에 활동한 네덜란드의 화가로."

"그건 알아. 푸른 터번을 쓴 여자아이가 고개를 돌리고 있는 그림이지?"

지금 베르메르의 그림을 입수하려면 몇십 억이나 되는 거금이 필요하리라. 그만큼 도난이나 위작도 많았다는 인기 있는 화가다.

"그는 초기에 종교화를 그렸는데, 작품을 발표하지 않는 공백기를 지나 풍속화를 그리게 됐습니다."

현대에서 흔히 보는 작품은 후기의 것인 듯했다.

"과거에 어떤 위작자가 일부러 그 공백기에 그린 것으로 보이는 위작을 만들어 나치의 고관에게 14억 엔에 파는 대담무쌍한 짓을 해낸 경우도 있답니다."

키요타카의 이야기는 이랬다.

베르메르의 위작자로 유명한 한 판 메이헤런은 〈간통녀〉라는 회화를 베르메르의 작품으로 속여 나치 고관인 헤르만 괴링에게 매각했다고 한다. 그렇게 거금을 거머쥔 메이헤런은 사치스러운 나날을 보냈다.

그런 메이헤런의 앞에 네덜란드 육군이 찾아와 '나치에 국보를 판 매국노'라며 체포하려 했다. 궁지에 몰린 메이헤런은 판 것은 진품이 아니라 자신이 그린 위작이라 밝히고 경찰 앞에서 실연해서 증명해 보였다. 그러자 메이헤런은 순식간에 나치에 한 방 먹인 영웅으로 칭송받았다고 한다.

뜻밖의 일화를 듣고 코마츠는 "호오." 하고 소리를 냈다.

"어쩌면 지우 씨는 그때의 나치의 고관 같은 기분이 들었을지도 모르겠군."

타카미야는 그렇겠다고 동의하며 괴로운 표정을 띠었다.

"하지만 역시 납득할 수 없어요. 나도 세이지 씨도 그렇습니다. 세이지 씨는 위작이었다는 사실에 큰 충격을 받았어요. 자신의 눈이 퇴보했다고 말씀하실 정도로요."

키요타카는 "그랬군요."라며 고개를 끄덕였다.

지금까지 의문스럽게 생각했던 모든 일이 납득 간 듯했다. 그래서 야가시라 세이지는 이번 기획에 참가하지 않고 키요타카를 추천했으리라.

감정을 실수한 몸으로 뻔뻔하게 지우 씨 앞에 얼굴을 내밀 수 있을 리가 없다. 또한 타카미야와 마찬가지로 납득할 수 없는 면도 있었던 게 틀림없다.

"당신이 소유하고 있는, 진품이라고 감정받은 후기 아시야 작품을 보고 싶습니다."

"이미 지우 씨에게 맡겼어요. 처음에는 상하이 박물관에 전시한다고 했는데, 별도 회장에 전시하게 됐다고 다시 소식을 들었어요. 그 회장이 어디인지는 모릅니다만……."

키요타카는 "그러신가요."하고 팔짱을 꼈다.

"그렇지, 지우 씨가 소유하고 있는 아시야의 작품은 어떤 그림인가요?"

"그것도 만다라예요. 〈태장계 만다라〉죠."

키요타카는 호오, 하고 맞장구를 쳤다.

"〈양계 만다라〉가 되는 거군요."

"네, 아무래도 개운치가 않죠?"

"그러네요."

타카미야는 괴로운 표정을 지은 후 "그렇지." 하고 얼굴을 들었다.

"이번 소동으로 집에 있던 사진을 가져오게 했어요. 25년 전 개인전 때 찍은 아시야 타이세이의 작품이에요. 한번 보시겠어요?"

"꼭 보고 싶군요."

잠시 기다리라고 하고 타카미야는 일어나 선반에서 표지가 검은 파일을 가져왔다. 키요타카는 바로 장갑을 끼고 그것을 받아 펼쳤다.

아까 본 풍경화 사진이 나란히 있었다. 나머지는 불화(佛畵)였다. 관음보살이나 약사여래가 그려져 있었다.

무척 선명하고 아름다워서 일본의 불화라기보다 인도나 티베트의 불화 같은 분위기였다.

"이 무렵부터 불화도 그렸군요."

"아시야 타이세이의 작품이 중국에서 팔리기 시작한 건 불화가 계기였던 것 같아요."

"알 것 같습니다. 섬세하면서도 힘차고 아름다워요. 어쩌면 자신이 그린 불화가 중국에서 팔리기 시작한 것을 알고 아시야 타이세이는 재기했을지도 모르겠네요."

혼잣말처럼 나온 키요타카의 말을 듣고 타카미야는 "그럴 가능성은 있어요."라며 고개를 끄덕였다.

"그래서 재기 뒤의 작품에는 불교색이 나는 거겠네요. 내가 이번에 기탁한 중국 거리 그림도 불교색이 짙게 나요."

흠, 하고 키요타카는 맞장구를 치고 얼굴을 들었다.

"지우 씨는 불교 미술이 취향인 듯하니 끌린 이유를 알 것 같습니다. 참고로 지우 씨는 항상 〈태장계 만다라〉를 어디에 장식하고 있었나요?"

키요타카는 강한 눈빛으로 물었다. 어쩌면 아직 그곳에 장식되고 있을 가능성도 있기 때문이다. 타카미야는 아아, 하고 얼굴을 들었다.

"상하이루 안에 있는 지우 씨 방이에요. 하지만 지금 그 방에는 아이리 양 씨가 머물고 있다더군요. 그녀는 지우 씨에게 특별한 여성인 듯해요."

"아이리 씨가 지우 씨의 애인이라는 소문은 진짜로군요?"

코마츠는 목소리를 뒤집어가며 물었다.

"애인이 아니라 지우 씨는 단순히 그녀의 팬이었던 듯해요. 청년 시절에 품었던 동경은 영원히 남는 법이죠. 그래서 지우 씨는 그녀에게 아낌없이 원조를 하면서도 속박하지 않아서 편안한 관계를 유지하고 있는 듯해요."

"어른들의 세계로군." 하고 코마츠는 멍하니 중얼거렸다.

"여러 가지를 가르쳐주셔서 감사드립니다. 할아버지 일을 알고 후련해졌어요."

키요타카는 인사를 한 후 작은 목소리로 중얼거렸다.

"아무래도 저는 어쩔 수 없이 그녀의 방으로 가야 할 것 같네요."

그리고 어깨를 축 늘어뜨렸다.

2

그리고 키요타카는 아이리 양의 방을 방문하게 됐다.

검은 슈트에 새하얀 셔츠. 레드 와인 빛 넥타이를 매어 준비했다.

키요타카가 아이리 양의 방을 찾기 전에 코마츠는 두 가지를 부탁받았다.

하나는 아이리 양의 과거를 조사하는 것. 또 하나는 키요타카가 도청기와 소형 카메라를 달고 아이리 양의 방으로 들어가니 코마츠가 그 상황을 실시간으로 확인해달라는 것이었다. 증거와 증인을 확보하려는 것이리라.

"······형씨의 그 짓거리 현장을 보라고? 내키지가 않는군."

코마츠가 투덜거리자 키요타카는 즐거운 듯이 웃으며 도청기와 소형 카메라를 탑재한 검은 테 안경을 썼다.

"걱정 마세요. 당신의 눈요깃거리가 되지는 않을 겁니다."

"무슨 소리를 하는 거야. 그런데 그 안경, 좀 그립군."

"정말이네요."

대마교 사건 때 교단 본부에 잠입할 때 키요타카가 썼던 것이다.

키요타카의 스마트폰이 울렸다.

"루이 씨가 보냈네요. 아이리 씨가 만나줄 것 같아요."

아이리를 찾아가고 싶다는 연락은 루이를 통해 전했다.

아이리는 틀림없이 그런 태도를 취한 키요타카를 거절할 줄 알았는데…….

키요타카는 재킷을 걸치고 싱긋 미소 지었다.

"그러면 다녀오겠습니다."

"그래."

코마츠는 복잡한 마음으로, 방을 나가는 키요타카의 등을 전송했다.

― 코마츠 씨, 보여요?

컴퓨터 화면에는 키요타카가 보는 경치가 비치고 있었다. 지금은 멈춰 있는 호텔 엘리베이터 안에 있는 듯했다.

코마츠는 노트북을 테이블에 놓고 소파에 앉았다.

"응, 잘 보여. ……침대에서 작업할 때는 안경을 벗어도 돼."

코마츠가 그렇게 말하자 경치가 흔들렸다. 키요타카가 어깨를 떨며 웃고 있는 듯했다.

"아주 태평하군. 오히려 내가 걱정하고 있다니."

키요타카는 사랑하는 사람을 구하기 위해 몸을 던지려 하고 있다. 왠지 이 상황 자체가 싫다는 느낌이 들었다.

아오이는 키요타카가 자신을 구하기 위해 다른 여자와 하룻밤을 함께했다는 사실을 알면 그것을 용서할 수 있을까?

개운치 않은 감정이 커졌지만, 키요타카야말로 누구보다 갈등하고 있을 게 틀림없으리라 여기며 코마츠는 마음을 가다듬었다.

키요타카는 호텔에서 택시를 타고 상하이루로 향하고 있었다.

해는 완전히 졌지만 상하이의 야경은 놀랄 만큼 밝고 아름다웠다.

이윽고 상하이루에 도착했다. 키요타카는 차에서 내려 건물 안으로 들어갔다. 코마츠는 그 모습을 화면 너머로 확인했다.

빌딩의 스태프들은 키요타카가 오는 것을 알고 있었는지 인사하고 엘리베이터를 이용할 때 필요한 카드키를 건넸다.

"감사합니다."

키요타카는 인사하고 엘리베이터에 올라타 카드키를 사용

해 목적한 층, 아이리가 묵고 있는 층의 버튼을 눌렀다. 화면 너머로도 엘리베이터가 고속으로 상승해가는 것이 느껴졌다. 오히려 코마츠가 묘한 긴장감으로 손에 땀이 배는 듯했다.

그녀가 묵고 있는 방은 통로의 막다른 곳이었다. 키요타카는 문 앞에 도착하자 주저 없이 인터폰을 눌렀다.

"망설임도 없군……."

코마츠는 키요타카의 당당함에 압도되어 무심코 중얼거렸다.

잠시 후 문이 열렸다.

아이리는 가슴 쪽이 파인 붉은 드레스를 입고 레드 와인이 든 커다란 잔을 손에 들고 있었다. 그녀는 "안녕하세요."라고 인사하며 미소 짓나 싶더니 잔을 들어 키요타카의 머리에 와인을 부었다. 붉은 액체가 뚝뚝 떨어져 하얀 셔츠에 물들었다.

"어젯밤에는 망신을 주더니 이제 와서 무슨 바람이 분 거지? 뻔뻔스럽게 찾아온 당신을 보고 기뻐할 줄 알았어?"

그녀는 그렇게 말하고 문을 닫으려 했지만 키요타카가 발끝으로 그것을 막고 억지로 방으로 들어갔다.

"난폭하네. 강도가 들어왔다고 경찰을 부를 거야."

"그러시죠. 저는 사전에 찾아뵙겠다는 연락을 전하고 당신은 승낙했으니까요. 루이 씨라는 증인도 있습니다. 아아, 이 수건 좀 빌리겠습니다."

키요타카는 대답도 듣지 않고 선반 위에 있던 수건으로 머리와 얼굴을 닦았다.

"그렇게 해. 그 수건은 바닥 걸레야."

아이리는 소파에 앉으며 아하하 웃었다.

"상관없습니다. 이 수건은 쓰지 않은 것 같고, 애초에 당신이 직접 바닥을 닦지는 않겠죠. 그래서 이것은 바닥 걸레가 아닙니다."

조금도 동요하지 않는 키요타카를 보고 아이리는 재미없다는 듯이 팔짱을 꼈다.

"어젯밤에는 그런 태도를 보였는데, 어째서 여기에 올 마음이 생겼지?"

"당신은 저를 어떻게든 부르고 싶어서 키쿠카와 시로에게 연락한 거겠죠?"

키요타카가 그렇게 대답하자 아이리는 과장스럽게 어깨를 으쓱거렸다.

"내가 연락하지 않았어. 그 남자가 연락한 거야. 내가 마음에 들어 하는 애송이를 보낸다면서. 설마 정말로 올 줄은 몰랐지만. 그건 그렇고 그 남자, 지우에게 쫓겨난 주제에 정보만은 아주 빠르게 입수하네."

"…………."

키요타카가 미간을 찌푸리는 모습이 보이는 듯했다.

시로는 어떻게 아이리가 키요타카를 마음에 들어 한 것을 알고 있는 것일까? 파티 회장에 시로의 부하가 있었던 건가?

"그리고 이런 말도 했어. 아마 이 방에 있는 아시야 타이세이의 그림을 보고 싶어 할 거라고. 유감이네. 그 그림은 이미 지우가 이동시켰어."

"박물관이 아닌 다른 회장인가요?"

"응, 맞아. 그가 직접 고른 작품을 다른 곳에서 특별 전시하기로 했다고 해. 그 장소는 나도 듣지 못해서 어디에 있는지 몰라."

아쉽게 됐다며 그녀는 손을 팔랑팔랑 흔들었다.

"시로는 당신이 나를 만족시키지 못하면 돌려보내도 된다고 했어. 만약 그렇게 된다면 당신에게 안 좋은 일이라도 생기나 봐?"

아이리는 턱을 괴고 시험하는 듯한 눈빛을 보냈다.

"……죄송합니다. 옷이 젖어서 기분이 나쁘니 샤워실을 빌려도 될까요? 가능하면 가운도 빌리고 싶습니다."

아이리는 희미하게 입가를 끌어올리고 손으로 샤워실을 가리켰다. 방금 전까지 냉랭한 태도를 보였지만, 그래도 그에 대한 기대를 숨기지 못하고 있었다.

"감사합니다."

키요타카는 안경을 테이블 위에 놓고 욕실로 향했다.

키요타카의 모습이 보이지 않게 된 후 아이리는 부리나케 일어나 구강청결제로 입을 헹구거나 침대로 이어지는 문을 활짝 열거나 자신에게 향수를 뿌리거나 머리를 다듬거나 소파에 앉아 스타일을 잡아보는 등 바쁘게 움직였다.

그 모습은 애처롭게도, 귀엽게도 보였다. 그리고 봐서는 안 될 것을 보고 있다는 느낌을 받아서 코마츠는 진심으로 미안한 마음이 들었다.

잠시 후, 키요타카가 가운을 몸에 걸치고 욕실에서 나왔다.

가운의 색은 검정. 흰 피부가 두드러져서 그 색향에 아이리가 긴장하는 것을 알 수 있었다.

"어젯밤에는 당신을 모욕하는 행동을 해서 죄송합니다."

"뭐, 이제 됐어. 와인을 부어서 후련해졌으니까."

그렇게 말하고 아이리는 와인잔을 입으로 가져갔다.

"실은 어머니가 돌아가셨습니다. 두 살 때……."

그 말에 아이리는 순간 움직임을 멈췄다.

"그때는 너무 어려서 잘 기억이 나지 않아요. 어머니의 얼굴은 똑똑히 떠오르지만, 그것은 당시의 기억이 아니라 남은 사진을 몇 번이고 봤기 때문입니다. 실제로 어떻게든 기억하고 있는 건 어머니는 색이 아주 하얀 사람이었다는 겁니다. 그 가느다란 손으로 머리나 볼을 부드럽게 쓰다듬어준 기억이 왠지 남아 있어요."

아이리는 키요타카의 말을 막지 않고 말없이 들었다.

아이리에게는 이혼 경력이 있다. 한 번의 결혼으로 아이를 가졌지만 이혼 때 친권을 다툰 결과 아들을 아이 아버지에게 빼앗겼다. 아이리의 경제력을 불안하게 보고 그녀의 남성 편력을 지적했다고 한다. 이혼의 원인이 남편의 외도인데도 불구하고 말이다.

그 재판에서 그녀는 이렇게 말했다.

'경제력이 뭔데! 아들이 옆에 있으면 아들을 위해서 죽을힘을 다해 일할 거야!'

'남성 편력이 화려한 건 엄마가 되기 전 얘기잖아! 내가 이성을 원한 건 모두 아이를 가지고 싶었기 때문이야! 그리고 아들을 가졌어. 온 세상을 뒤져도 어디에도 없을 최고로 유일한 존재야! 그런 멋진 보물이 곁에 있으니 다른 남자는 이제 필요 없어!'

아이리의 그런 눈물어린 호소도 결국에는 통하지 않았다.

아이 아버지 측은 온갖 획책을 꾸미며 아이리가 친구 차에 타는 사진을 외설스러운 일로 연결시켰고, 또한 아이리가 배우 시절 프로듀서와 관계를 가진 것까지 조사해 폭로했다. 그런 어머니 곁에 두는 것은 가엽다는 말에 아이리의 마음은 꺾여서 마침내 친권을 포기했다.

그 후 전남편은 재혼해서 아들은 행복하게 살고 있다고 한다. 지금 아이리는 아들의 마음을 혼란스럽게 하지 않도록 만나러 가지 않고 인연을 끊은 상태인 듯하다.

"당신과 어머니는 조금도 닮지 않았지만, 당신의 그 하얀 피부를 봤을 때 저는 어머니를 떠올릴 수 있었습니다. 생각해 보니, 정말 이렇게 피부가 하얀 사람이었어요. 정말 그립고 가슴이 아프고 역시 기뻤습니다. 그런데 당신이 그런 식으로 유혹하니까 왠지 탐탁지 않은 생각이 들어 그런 태도를 보였습니다."

"어머니만큼 연상인 내가 당신을 유혹해서 혐오감을 품었다는 거네……."

아이리는 턱을 괸 상태로 비꼬는 듯한 미소를 띠었다.

"아니요, 남녀 사이에 나이는 상관없다고 생각하고, 성인들인데 나이 차는 아무래도 좋습니다. 싫은 것은 당신이 저를 마치 '물건'처럼 취급한 태도입니다."

"!"

아이리는 말문이 막힌 채 키요타카를 봤다.

"격하게 반응한 건 당신을 보고 어머니가 떠올라 멋대로 그리움을 느꼈기 때문이겠죠. 그래서 물건처럼 취급받은 것에 지나치게 반응한 것 같습니다."

키요타카는 먼 곳을 보는 듯한 눈빛을 한 채 마치 혼잣말처럼 중얼거렸다. 그 옆얼굴은 미소 짓고 있지만 마치 울고 있는 것처럼 보였다.

아이리는 말없이 고개를 숙였다.

"나야말로 사과할게…… 부끄럽네."

잠시 후 그녀는 나직하게 중얼거렸다.

그녀도 키요타카에게서 자기 아들의 모습을 겹쳐 봤으리라.

적중한 것이다. 키요타카는 코마츠에게 아이리의 과거를 조사시켜 아들과 인연을 끊은 상태라는 정보를 입수했다. 지금까지 일련의 행동은 모두 키요타카의 계산에 지나지 않는다.

'대단하신 양반이야.'

코마츠는 숨을 내쉬었다.

모든 과정을 아는 코마츠도 키요타카의 말이 진심으로 느껴질 정도였으니 말이다.

"그럼 감정사라 해도 아직 견습인 거네."

"네, 수행 중입니다."

그 후 두 사람은 소파에 앉아 이런저런 이야기를 나눴다.

아이리는 이제 '여자'의 얼굴이 아니라 '어머니'의 눈빛으로 키요타카를 보고 있었다.

"키쿠카와 시로와는 어떻게 알게 되었습니까?"

키요타카가 마치 잡담을 계속하듯이 묻자 아이리는 얼굴을 찌푸렸다.

"당신이야말로 시로 같은 남자가 하는 말을 어째서 듣는 거지? 여기 온 건 그 남자의 지시잖아?"

키요타카는 어깨를 으쓱거리고 힘없이 웃었다.

"실은 약점을 좀 잡혀서요."

"그 남자는 정말로 악동이라니까."

아이리는 질렸다는 듯이 말하고 팔짱을 꼈다.

"왜 악당이 아니라 악동인가요?"

"지우가 시로를 그렇게 말했어. '그 녀석은 악동이지만 부리는 방식에 따라서 좋은 보조가 될 것 같다'고. 나도 처음에는 하이에나 같은 남자라고 생각해 경계했지만 바로 쓸 만한 남자라고 생각했어. 가려운 곳을 긁어주는 비서 같거든. 지우는 그 남자를 상리공생(相利共生)할 수 있는 빨판상어쯤으로 바꾸려 했던 것 같아."

지우 씨는 시로의 자질을 알지만 잘 부려 자신에게 이익을 가져다주는 존재로 바꾸기 위해서 곁에 둔 듯했다.

참고로 실제 빨판상어는 숙주에게 이익을 주지 않는 편리공생을 취한다고 들었다.

"그랬는데, 그 남자가 아시야 타이세이의 위작을 지우에게 팔려고 했잖아? 지금까지 잘해줬는데 은혜를 원수로 갚는다면서 지우는 정말 화를 냈지. 눈앞의 물욕을 못 이겨서 커다란 숙주를 잃었으니 가엾기 짝이 없지. 하지만 포기하지 않았는지 내게 몰래 연락해 안부를 묻더라고."

흐음, 하고 키요타카는 고개를 끄덕였다.

"그러고 보니 지우 씨가 한눈에 반해 경매에서 낙찰 받았다는 아시야 타이세이의 작품 말입니다만, 당신은 본 적이 있으시죠?"

키요타카는 생각났다는 듯이 말하고 아이리의 얼굴을 봤다.

"물론 있지. 이 방에 장식되어 있었으니까."

"당신은 어떻게 생각하셨습니까?"

"지금까지 무명이었다는 것을 믿을 수 없을 만큼 멋진 그림이었어. 지우가 심취하는 마음도 이해가 가더라고."

"그 작품은 지금 박물관과는 다른 장소에 있다고 하는데요. 대체 어디에 별도 회장을 설치한 건가요?"

키요타카는 혼잣말처럼 중얼거리고 고개를 갸웃거렸다.

"어디일까……? 그 전시회장에 장식하기 위해 서예가에게 〈대주(對酒)〉를 쓰게 했다는 이야기는 들었는데."

"대주, 백거이의 시로군요."

백거이, 자는 낙천. 백낙천이라는 이름으로도 잘 알려진 중국 당나라 시대의 시인이다.

키요타카는 나직하게 그 한시를 읊조렸다.

蝸牛角上爭何事
石火光中奇此身

隨富隨貧且歡樂
不開口笑是痴人

"그 시를 외우고 있어? 대단하네."

아이리는 놀란 듯이 키요타카를 봤다.

아주 좋아해서 그렇다며 키요타카는 눈을 활처럼 가늘게 떴다.

달팽이 뿔 위만큼 좁은 장소에서 대체 무엇을 싸우려는 것 인가.

부싯돌의 불꽃처럼 덧없는 이 순간적인 세상에 이 몸을 두 고 있을 뿐인데.

부자든 가난뱅이든 각기 즐기며 살면 된다.

커다란 입을 벌리고 웃지 않는 것은 어리석은 짓이다.

"이 좁은 세상에서 싸우는 것은 바보 같은 짓이다. 인생은 순식간에 끝나는 불꽃 같은 것. 그렇다면 부자든 가난뱅이든 모처럼 태어난 것을 기뻐하며 인생을 한껏 즐기자. 이 세상을 즐기며 커다란 입을 벌려 웃지 않는 것은 어리석은 짓이지 않 은가. 어려운 경전보다 인생의 철학이 훨씬 담겨 있는 시라고 생각합니다."

정말 그렇다며 아이리는 맞장구를 쳤다.

"이 시를 알려주셔서 감사합니다. 꼭 글씨를 보고 싶네요."

키요타카는 후련한 표정으로 고개를 끄덕이고 테이블 위에
놓여 있던 안경을 들어 꼈다.

"그럼 저는 슬슬 실례하겠습니다."

키요타카는 그렇게 말하고 일어나 아이리에게 등을 돌린
상태로 가운을 벗은 다음 와인으로 더러워진 셔츠와 재킷을
걸쳤다.

"……더럽혀서 미안해."

아니라며 키요타카는 고개를 저었다.

"키요타카, 당신과 얘기할 수 있어서 즐거웠어. 아주 '만족'
했어."

그녀가 내민 손을 키요타카는 가만히 잡았다.

"영광입니다. 안녕히 주무세요."

그때 키요타카 보여줬을 마치 순진무구한 청년 같은 미소
가 머릿속에 떠올라서 코마츠는 뺨이 긴장되는 것을 느꼈다.

3

키요타카가 아이리의 방을 나오자마자 코마츠는 숨을 토하
듯이 중얼거렸다.

"키스 한 번 하지 않고 '만족'시켰군. 대단해."

— 당신의 눈요깃거리도 안 될 거라고 했잖아요?

키요타카는 아무렇지 않게 말하고 당당하게 통로를 걸었다.

그 여유로운 태도를 보니 화가 벌컥 났다.

"그런데 형씨. 그림이 있는 곳은 알아냈어?"

— 네.

"역시로군. 그 대화에서 어떻게 장소를 알아낸 거지?"

— 백거이의 〈대주〉의 첫 구인 '달팽이 뿔 위' 말입니다만, 이것은 원래 '와우각상의 싸움'이라는 장자의 우화에서 인용한 겁니다. 달팽이의 왼쪽 촉각에 있는 나라와 오른쪽 촉각에 있는 나라가 영토를 다투는 이야기인데요. 뭐, '그런 좁은 세상에서 무슨 시시한 짓을 하느냐'는 가르침입니다.

"달팽이의 좌우 뿔 위에 있는 나라가 싸우는 건가. 확실히 시시하군."

코마츠는 검지를 세운 두 손을 자신의 머리에 붙이고 작게 웃었다.

— 우주에서 보면 우리의 영토 싸움도 그런 거겠죠.

후훗, 하고 웃는 키요타카의 말을 듣고 코마츠는 "뭐 그렇지." 하고 쓴웃음을 지으며 손을 내렸다.

— 즉 그 우화에서 달팽이 뿔 위는 '나라'이자 '세상'을 가리키고 있습니다.

흐음, 하고 코마츠는 고개를 끄덕였다.

― 그 '세상' 말입니다만, 중국어로는 '텐디(天地)'라고 씁니다.

"텐디……."라고 코마츠는 중얼거리고 손뼉을 탁 쳤다.

"그런가, 이 호텔의 이름이야."

― 맞습니다.

"그야말로 지우 씨 왈 '달팽이의 뿔만큼 작은 세상'이라는 거군."

― 그리고 타카미야 씨의 이야기로는 전시회 사전 오픈 날 불꽃을 쏘아올린다고 했습니다. 틀림없이 호텔 최상층을 전시회장으로 삼을 겁니다. 백거이의 한시를 장식하기에는 최적의 장소겠죠.

코마츠는 다시 한번 〈대주〉의 시를 돌이켜봤다.

'부싯돌의 불꽃처럼 덧없는 세상을 즐기자'는 구절은 시를 불꽃으로 재현하려고 하는 것이리라.

불꽃이 쏘아지는 가운데 예술을 즐기며 웃는 사람들의 모습이 떠올랐다.

"그렇군, 박물관과는 다른 장점이 있겠어."

음, 하고 코마츠는 수긍했다.

― 그건 그렇고, 코마츠 씨. 보안을 확인해주시겠어요?

"확인?"

코마츠는 고개를 갸웃거리다가 바로 깨달았다. 키요타카는 지금부터 이 호텔 최상층에 전시되어 있는 아시야 타이세이의 그림을 보러 갈 생각인 것이다. 그러기 위한 사전 준비를 해달라고 요구하고 있는 것이다.

"혹시 지금 바로 실행하는 거야?"

— 아니요, 그런 건 아닙니다. 확인해서 가능한지 불가능한지를 검토하고 싶습니다.

"아, 그렇군. 알았어. 해볼게."

코마츠는 가방에서 노트북 한 대를 더 꺼냈다.

대마교 사건 때와는 달리 지금은 비장의 소프트가 인스톨되어 있지 않은 상태다. 화면과 똑바로 마주 앉아 숨을 들이쉬며 키보드를 두드리기 시작했다.

코마츠는 어릴 때 몸이 허약해서 학교를 쉬는 날이 많았다.

그런 아들을 딱하게 여긴 부모님이 사준 것이 컴퓨터였다. 당시 컴퓨터는 지금처럼 쉽게 살 수 있는 물건이 아니었다. 마이크로컴퓨터라고 불리기도 했다. 화면에도 브라운관이 들어있어서 모든 것이 컸다.

코마츠는 바로 컴퓨터에 푹 빠졌다. 용돈을 털어 컴퓨터 잡지를 사고 스스로 프로그램을 짜고 게임을 만들기 시작했다. 이윽고 대형 게임 회사에서 아르바이트 제의가 들어왔다. 코마츠가 고등학생이 될 무렵에는 몇몇 게임 회사에서 의뢰를 받게 되었다.

　공부를 특별히 잘하지는 못했지만 컴퓨터에 관해서는 할수 없는 일이 없다고 생각할 만큼 정통해서, 정신을 차리고 보니 해킹 기술도 익히고 있었다. 그리고 해킹을 필요로 하는 조직의 스카우트를 받고 취직해 영웅 같은 기분으로 지냈지만 근본은 나약했다. 심각한 사건을 다룰 때마다 신경이 약해져서 결국에는 조직을 떠나고 말았다.

　하지만 옛날과 다름없이 지금도 컴퓨터와 마주하고 있다. 기술 흐름에 뒤쳐진다는 생각도 들지 않는다.

　이 호텔의 보안에 침입하는 데는 성공했다.

　역시 최상층의 보안은 엄중해서 새삼 그곳이 전시회장이 틀림없다는 확신을 얻었다. 엄중하다 해도 코마츠는 흔적을 남기지 않았고, 일정 시간 보안을 해제하는 것은 손쉬운 일이었다.

　문제는 경비원일 것이다. 감시 카메라를 확인하니 문 입구에 경비원이 붙어 있었다.

　"다녀왔습니다."

　키요타카가 방에 돌아온 목소리를 듣고 코마츠는 정신을 차렸다.

　"필요하면 언제든지 보안을 해제할 수 있어."

코마츠는 컴퓨터로 눈길을 돌린 채 말했다.

"감사합니다. 역시 대단하시네요."

키요타카는 와인으로 더러워진 재킷과 셔츠를 벗고 검은 티셔츠와 청바지 차림이 되었다. 옷을 갈아입은 키요타카는 바로 컴퓨터 화면을 들여다봤다.

"하지만 경비원이 문 앞에 있어."

"실내에는 들어가 있나요?"

"아니, 안 들어가 있는 것 같아. 안에는 적외선 센서가 빼곡하고."

드라마나 영화에서 방범용으로 적외선이 둘러쳐진 것을 본 적이 있는데, 그것과 유사했다.

적외선은 일시적으로 해제할 수 있다. 하지만 경비원은 그렇게 안 된다.

"그러면 문밖에서 침입해야겠군요. 도면을 보여주세요."

"알았어."

코마츠는 호텔의 도면을 꺼냈다.

"…………."

키요타카는 한동안 말없이 바라보다 잠시 후 입을 열었다.

"통기구의 계통 도면을 보여주시겠어요?"

"혹시 통풍관으로 침입할 생각인가?"

"그것도 검토하고 있는 참입니다."

"뭐? 진심이야? 그런 영화 같은 짓을? 진짜 날개라도 있어야 들어갈 수 있는 거 아냐."

"그러네요. 어쩌면 가능할지도 모른다고 생각했습니다만, 역시 댐퍼라는 방화 셔터가 있으니 무리겠네요. 하지만 불가능하지는 않아요. 이 횡벽의 통기구로 침입할 수 있다면 어떻게든 될 것 같습니다……만 스파이더맨 뺨치는 퍼포먼스가 필요하네요."

"영화처럼은 안 되겠군."

"그리고 통풍관으로 침입해도 이 큰 그림을 가지고 나갈 수 없고 말입니다. 실행한다면 그림을 잘라 훔칠 수밖에 없겠죠."

"잘라서 훔쳐?"

"그림 도둑은 액자를 따라서 그림을 자르고 그림을 둥글게 말아 훔치는 경우도 있답니다."

"그림이 작아지잖아."

"그래도 가치가 있다고 생각하는 것 같아요."

"형씨가 그런 짓을 할 수 있겠어?"

"…………."

키요타카는 입을 다물었다. 그 옆얼굴은 아주 험악했다.

괜한 질문을 했다며 코마츠는 시선을 돌렸다.

"맞다, 코마츠 씨. 카메라로 전시회장의 작품을 확인할 수 있나요? 아시야 타이세이의 그림을 보고 싶어서요."

"알았어, 지금 영상은 적외선 카메라지만 낮의 데이터라면……"

코마츠는 키보드를 두드려 조작을 시작했다. 다시 한번 노트북 화면에 전시회상의 모습이 비쳤다. 화면이 휙휙 바뀌어 갔다.

아주 큰 만다라 그림이 비치자 키요타카는 "정지해주세요."라고 소리를 냈다.

코마츠는 바로 영상을 멈추고 화면을 확대했다.

대일여래를 중앙에 두고 연꽃 여덟 송이가 둘러싸고 있었다. 이것이 지우 씨가 소유하고 있는 아시야 타이세이의 작품이리라.

"〈태장계 만다라〉…… 확실히 훌륭하네요."

키요타카의 중얼거림을 듣고 코마츠는 무의식적으로 고개를 끄덕였다.

그림에 대해서는 잘 모르지만 끌려들어가는 듯한 박력이 있었다. 지우 씨가 이 그림에 매료된 것을 수긍할 수 있었다.

키요타카는 영상을 바라보면서 가만히 입을 벌려 만다라를 설명했다.

만다라란 깨달음의 의지를 그린 것이라고 한다. 타카미야에게 있는 위작이라고 감정된 만다라는 〈금강계 만다라〉라 하

고, 금강정경을 나타내고 있다. 지우 씨가 소유하고 있는 〈태
장계 만다라〉는 대일여래경을 나타내고 있다고 한다.

〈금강계 만다라〉는 의지. 높은 곳을 목표로 관철한다. 남성
성의 힘.

〈태장계 만다라〉는 수용. 무조건적인 사랑. 여성성의 힘.

이 〈금강계 만다라〉와 〈태장계 만다라〉는 둘이 한 쌍이다.
둘을 합쳐 〈양계 만다라〉라고 한다.

타카미야의 방에서 이야기했던 것은 이 내용이었다.

"그렇군, 〈태장계 만다라〉가 있으니 짝이 되는 〈금강계 만
다라〉가 있는 게 당연하겠지. 그래서 지우 씨는 시로가 가져
온 〈금강계 만다라〉를 보고 처음에는 납득해 구입했지만 같
은 만다라라서 뭔가 아니라고 느꼈을지도 몰라."

"그럴지도 모르겠네요."라며 키요타카는 화면에 시선을 고
정한 채 동의했다.

"영상을 움직여보세요."

다시 영상이 바뀌었다.

한 그림이 비쳤을 때 코마츠는 키요타카가 지시하기 전에
정지했다. 바로 아시야 타이세이의 작품이라는 것을 알았기
때문이다.

그곳에는 중국의 옛날 거리가 그려져 있었다. 교토처럼 깔
끔하게 구획이 나뉘어져 있고 주홍색 궁전이 산뜻하게 아름

다웠다. 커다란 모란이나 새들, 기녀가 춤을 추고 있었다. 마치 이 그림 속에서 당시의 음악이 들리는 듯했다. 속으로 대단하다며 코마츠는 자신도 모르게 신음했다.

〈태장계 만다라〉와 이 중국 거리를 그린 그림이 아시야 타이세이의 후기 작품일 것이다.

확실히 그림의 분위기 자체는 타카미야에게 있던 전기의 작품과 아주 비슷했다. 같은 작가가 그렸다는 말을 들으면 납득은 하리라. 하지만 지우 씨가 뭔가가 다르다고 생각한 것도 알 것 같았다.

키요타카는 어떻게 느꼈을까?

그의 입에서 대단하다는 말이 나오지 않는 것을 이상하게 생각하면서 옆으로 고개를 돌렸다.

"…………."

키요타카는 눈을 크게 뜨고 입을 다물고 있었다.

"형씨?"

다음 순간 키요타카는 창백한 얼굴로 입에 손을 댔다.

"알았습니다. 모든 수수께끼가 풀렸어요. 그랬던 거군. 그런 거였데이."

키요타카는 마치 주문처럼 반복했다.

코마츠는 키요타카가 무슨 말을 하는지 이해할 수 없어서 의아하게 생각하며 미간을 찌푸렸다.

[5] 회고록

1

　가장 가까운 역에서 예원을 향해 산책하는데, 수많은 사람으로 붐비는 노점이 늘어서 있는 모습이 보였다.

　엔쇼는 훗, 하고 볼에서 힘을 뺐다. 목적은 이 노점이었다. 어제 이곳을 지날 때 밤이 되면 북적일 것이라고 짐작했기 때문이다. 세련되고 현대적인 와이탄이나 신톈디보다 이렇게 너저분한 노점의 분위기가 자신에게는 맞는 듯했다.

　엔쇼는 안도하며 눈에 들어오는 음식을 사서 노점 옆의 빈테이블에 앉았다.

　전병에 돼지고기와 파, 오이 등을 말아 구운 '다빙주안로우'나 돼지 갈비를 기름에 튀겨 달콤한 소스를 듬뿍 뿌린 '파이구니엔까오', 간장과 파 기름을 섞은 걸쭉한 소스를 묻혀 먹는 면 '콩요우반미엔', 볶음밥에 거대한 샤오룽바오 '시에후앙다탕바오', 고기만두 등이 테이블에 즐비하게 차려져 있었다. 거대한 샤오룽바오는 안에 든 수프를 빨대로 빨아마시게 되어 있는 듯했다.

　"배고프군."

　엔쇼는 요리를 앞에 두고 "잘 먹겠습니다." 하고 손을 모았다. 이 습관은 절에서 수행하던 때 몸에 밴 것이다.

젓가락을 손에 들고 돼지 갈비를 먹다가 다시 숟가락으로 바꾸어 볶음밥을 입으로 가져갔다. 이미 마개를 따놓은 칭다오 맥주병을 들고 목 안쪽으로 흘려 넣듯이 벌컥벌컥 마셨다.

"맛있구먼."

이렇게 잔뜩 요리를 샀지만 그렇게 비싸지는 않았다. 싸고 맛있는 것을 먹는 일은 얼마든지 할 수 있다. 문득 '예상하이'에서 와인 리스트를 바라보던 키요타카의 모습이 머릿속을 스쳤다.

"참말로 부자는 낭비가 심하다."

그 남자를 이런 곳에 데려오면 어떤 얼굴을 할까?

수상쩍다는 듯이 미간을 찌푸리고 '위생은 괜찮은가요?'라고 말을 꺼낼 것 같다. 코마츠는 '싸고 맛있을 것 같군.'이라며 기뻐할 것 같고. 자신은 분명 '도련님은 안 먹어도 된다.'고 말하리라.

자연스레 볼이 풀어지는 것을 깨닫고 엔쇼는 제정신으로 돌아와 얼굴을 찌푸렸다.

키요타카의 곁에서 함께 지낸 시간은 솔직히 즐거웠다. 하지만 그만큼 괴로움도 있었다. 자신에게는 결코 없는 재능이 있는 사람과 지내면 마음에 상처가 끊이지 않는다.

엔쇼는 병맥주를 다시 입으로 가져갔다.

자신이 골동품을 보는 눈이 없다는 사실을 알아차린 것은 카키에몬을 눈앞에 뒀을 때부터다. 어쩌면 이 도자기를 제대로 판별하지 못하는 것일지도 모른다고 느꼈다.

그림이나 글씨에는 자신이 있었다. 위작을 간파할 수 있었다. 이유 없이 느낄 수 있는 것이다. 아마도 그것은 자신이 위작을 그려왔기 때문일지도 모른다.

골동품도 '최상품'과 '그렇지 않은 물건'의 차이는 이해한다. 하지만 우수한 모방품을 앞에 두면 분간이 가지 않는다. 둘 다 진품처럼 보인다.

키요타카는 2차원인 그림보다 3차원인 골동품 쪽을 알기 쉽다고 말했다. 그것을 이치상 모르는 바도 아니다.

실제로 그림 감정은 어렵다고 들었다. 자신은 우연히 그림을 구분하는 눈을 가지고 있을 뿐이리라. 아마 야나기하라는 그것을 눈치채고 있었을 것이다. 그래서 자신의 곁에서 재능을 썩히는 것보다 키요타카에게 맡기는 편이 좋다고 생각했으리라.

야나기하라가 했던 '키요타카와 있는 편이 빠르다'는 말은 자신보다 젊은 키요타카의 재능을 직접 보고 빨리 자신의 그릇을 아는 편이 낫다는 뜻이었던 것이다.

엔쇼는 북받치는 씁쓸한 기분을 훔치듯이 돼지 갈비에 젓가락을 가져갔다. 그리고 테이블에 산처럼 쌓인 요리를 바라

보고 문득 어린 시절을 떠올렸다.

　항상 술만 마시며 인상 쓰는 일밖에 없는 아버지였지만 그림이 팔렸을 때는 기분이 좋아서 마트에 데려가주곤 했다.
　'자, 신야. 먹을 것을 이 바구니에 뭐든 담아라.'
　어린 나는 흥분 상태가 되어 초밥, 튀김, 야키소바, 타코야키 등 음식을 바구니에 잔뜩 담았다.
　아버지는 아버지대로 '아버지도 오늘 밤만은 맥주 한잔해야겠다.'고 웃으며 맥주 캔을 바구니에 넣었다. 아버지는 늘 싸구려 소주만 마셨었다.
　나는 아버지가 술을 마시는 것을 싫어했지만 이날만은 기뻤다.
　가득 찬 비닐봉지를 둘이서 안듯이 들고 엘리베이터도 없는 낡은 연립주택으로 돌아왔다. 음식은 모두 팩에 든 채 테이블 위에 펼치고 둘이서 먹었다.
　아버지는 초밥을 입 안 가득 넣는 나를 보면 반드시 이렇게 말했다.
　'신야, 두고 봐라. 진짜 초밥집에 데려가줄 테니까.'
　국립 도쿄 예술 대학. 일본에서 유일한 국립 예술계 단과 대학이며, 그래서 경쟁률이 아주 높고 일부에서는 도쿄대보다 입학하기 어렵다고 수군댄다고 한다.

아버지는 그 도쿄 예술 대학에 현역으로 합격해 장래가 유망한 예비 화가였다고 한다. 하지만 부모님을 교통사고로 잃는 바람에 대학을 중퇴. 그 무렵 같은 대학에서 알던 어머니가 임신해서 도망쳐 결혼하고 고향인 고베로 돌아가 미술 학원을 운영하며 화가의 길을 걸었다고 한다.

그 시작은 결코 순조롭지 않았다. 아버지는 그림을 그리는 것 외에 장점이 없어서, 미술 학원을 열었지만 가르치는 것도, 아이를 돌보는 것도 결코 잘하지 못했다.

학원에 사람은 좀처럼 모이지 않았고 그림도 팔리지 않았다. 어머니의 부모님은 결혼도 아이를 낳는 것도 반대했기 때문에 지원을 전혀 받지 못해서 출산 비용을 변통하는 게 고작이었다.

그런 가운데 아이가 태어나자 집안이 풍족해질 리가 만무했고, 가계는 늘 쪼들렸다. 전기나 가스, 수도 요금 체납은 일상다반사였다. 체납을 지나치게 계속하자 독촉장은 빨간 딱지가 되었고, 이윽고 생활 시설이 멈췄다. 그러다 겨우겨우 되살리는 아슬아슬한 생활을 반복했다.

어머니는 그때까지 아르바이트를 다녔지만 도저히 어쩔 수 없어졌는지 밤에 유흥업소에 나가게 됐다. 어머니가 밤일을 나가게 되자 아버지는 쓸쓸해 보이기는 했지만 싫지는 않았던 듯하다. 그때까지 가계부를 앞에 두고 항상 어두운 얼굴로 한숨만 내쉬던 어머니가 예쁘게 화장하고 즐겁게 나가는 모습을 보는 게 기뻤으리라.

그날의 일은 내가 아직 네 살이었지만 똑똑히 기억하고 있다.

저녁에 어머니는 평소처럼 곱게 화장하고 보스턴백을 손에 들었다. 그러고는 다른 손으로 내 머리를 쓰다듬고 '신야, 그럼 갔다 올게.'라고 미소 지으며 집을 나갔다. 전에 없이 즐겁고 기뻐 보이는 미소가 눈에 아로새겨져 있다.

어머니는 그대로 돌아오지 않았다. 나중에 들은 이야기인데, 유흥업소에서 만난 남자와 도망쳤다고 한다.

어머니가 없어지고 아버지의 생활은 더욱 엉망이 되었다. 그러나 분한 감정이 계기가 됐는지 전보다 강한 정신력으로 그림을 그리게 됐고, 기분 좋은 날에는 그림을 가르쳐줬다.

'신야, 기술이나 기법은 어디까지나 수단이다. 화가는 본 것을 그대로 캠퍼스에 옮기는 사람이 아냐. 중요한 건 네 마음에 비친 것을 어떻게 표현하느냐다. 그림은 그 사람의 마음에 있는 광경을 옮기는 거야.'

아버지의 말이 머릿속을 스치고 지나가서 엔쇼는 머리를 흔들고 고기만두를 집었다.

그 무렵에 살았던 연립주택 생활이 생각난다. 문득 소꿉친구인 유키의 모습이 떠올랐다. 마트에서 음식을 잔뜩 살 때는 아래층에 사는 유키 몫도 넣어서 아버지가 취해 잠든 후 몰래 갖다 주었다.

늘 나눠주지는 못했다. 한번 내가 유키에게 음식을 나눠주는 것을 본 아버지는 '우리한테는 남을 도와줄 정도의 여유가 없다.' '그런 짓을 해서 또 다음을 기대하면 어쩌려는 거냐.'라며 마구 화를 냈기 때문이다.

가난하니 어쩔 수 없는 것일지도 모르지만 마음까지 가난해지는 것은 슬픈 일이다.

유키네 집을 찾아갔을 때의 신호는 현관문 옆 창문을 두드리는 것이었다. 내가 똑똑 노크를 하자 바로 창문이 열렸다.

'신야.'

유키는 소녀처럼 사랑스러운 얼굴로 순진한 미소를 띠고 있었다.

타코야키나 고기만두를 보여주자 유키는 와아, 하고 볼을 붉혔다. 그런 유키의 얼굴이나 팔에 멍이 있는 것을 눈치챘을 때는 괴로워서 무심코 눈을 돌릴 뻔했다.

유키를 때린 건 어머니가 아니라 어머니의 연인이었다.

그날도 거실 쪽에서 요상한 신음 소리가 들려왔다. 부자연스러운 그 목소리는 남자의 마음을 붙들어놓기 위한 여자의 본능이었던 걸까? 어렸던 우리에게는 짐승의 불길한 외침처럼 들려서 역겨운 느낌밖에 들지 않았다.

유키를 창문을 통해 밖으로 데리고 나와 주택 벽을 등지고 둘이서 나란히 앉았다.

'신야는 안 먹어?'

나는 이미 잔뜩 먹고 왔다고 대답하자 유키는 울먹이는 얼굴로 고맙다며 미소 지었다.

먹으면서 눈물을 흘리는 일도 적지 않았다.

나는 그 얼굴을 보지 않도록 밤하늘을 올려다보고 있었다.

언젠가 이런 생활에서 벗어날 수 있을까 생각하면서…….

과거를 돌이키던 엔쇼는 정신을 차리고 와자지껄한 노점 거리를 바라보며 작게 숨을 내쉬었다.

"아직 하층에서 못 벗어난 거가."

어머니가 집을 나갈 때 그렇게 기뻐 보였던 건 드디어 밑바닥 생활에서 도망칠 수 있다는 마음이 있었기 때문이 틀림없다. 남편과 자식을 버리는 죄책감 이상으로 바닥을 기던 매일에 염증이 났으리라.

엔쇼는 음식을 모두 비우고 자리에서 일어섰다. 노점이 있는 거리를 나가 어슬렁대며 밤의 예원을 둘러봤다.

"그럼 이제부터 어떻게 할까."

슬슬 일본으로 돌아가야 하는데. 지갑은 가지고 있지만 캐리어는 호텔에 두고 왔다. 여권도 그 안에 있다.

내일 키요타카와 코마츠가 호텔 방을 비운 사이에 가야지…….

어젯밤에는 인터넷에서 저가 호텔을 찾아서 묵었다. 1박에 3천 엔 정도로 묵을 수 있었던 건 다행이었지만, 그곳은 창문 없는 방이라 숨 쉬기가 괴로워서 버티지 못하고 계속 묵는 건 무리라며 도망치듯이 방을 나왔다.

마지막 밤이다. 천천히 상하이의 거리를 산책하는 것도 괜찮으리라.

지하철을 타고 와이탄으로 이동했다. 밤의 와이탄은 역사적인 건축물이 빛을 받고 있어서 더욱 아름다웠다. 마치 유럽의 거리를 걷고 있는 듯했다. 하지만 동쪽으로 향하자 상하이 타워나 전시탑처럼 상하이를 상징하는 건물이 형형색색으로 빛나고 있었다. 신비한 광경이었다.

분위기 좋은 바를 발견하고 들어가려던 차에 가게에서 20대 남녀가 나왔다. 그 남녀의 모습이 낯익다 했더니 이린과 오빠인 슈엔이었다.

"잠깐만, 오빠. 오해야."

"어떻게 믿어. 어차피 아버지한테 아첨하기 위해 꾸민 거지? 그리고 속으로는 나를 비웃고 있고."

"그런 게 아냐."

슈엔은 이린이 뻗은 손을 뿌리쳤다.

"얼른 미국 대학으로 돌아가, 성질 고약한 년아!"

슈엔은 그렇게 내뱉고 등을 돌렸다.

이린은 오빠가 뿌리친 손을 만지면서 얼굴을 찌푸리다가 엔쇼의 모습을 보고 놀란 듯이 눈을 크게 떴다.

"……엔쇼 씨."

"안녕하신교, 이린 씨. 남매 싸움 중이신가?"

"싸움이라니요……"

이린은 작게 웃은 후 눈에 고인 눈물을 얼버무리듯이 미소 지었다. 그 얼굴은 낯이 익었다. 유키가 눈물을 얼버무릴 때 자주 보였기 때문이다.

"저와 오빠는 싸운 적 없어요."

"지금 건 싸움 아이가?"

"싸움은 대등하지 않으면 못 해요. 저와 오빠는 대등하지 않으니까요……"

"그런교? 내는 늘 대등하지 않은 상대하고만 싸워 와서."

"강하네요."

이린은 힘없이 말하고 엔쇼의 등 뒤를 봤다.

"홈즈나 코마츠 씨와 같이 있는 거 아니에요?"

"혼자다."

"싸움?"

"아이다. 내가 멋대로 화가 나 뛰쳐나왔을 뿐이다. 화풀이데이."

그렇게 말하자 이린은 뺨을 누그러뜨렸다.

"엔쇼 씨와 홈즈는 싸운 적 있어요?"

"뭐, 항상 싸운다."

지금까지 말다툼은 셀 수 없을 만큼 했지만, 가장 큰 건 맞붙어 싸웠을 때일까?

청자를 훔치려고 쿠라에 숨어들어 갔을 때의 일이다. 방에서 기다리고 있던 키요타카를 앞에 뒀을 때는 정말로 간담이 서늘했다.

'안녕하세요.'

키요타카는 목도를 들고 미소 짓고 있었다.

텅 비었다고 믿고 둥지에 들어갔더니 큰 뱀이 기다리고 있었다는 느낌이었다. 그리고 그때 키요타카가 한 말은 쐐기가 박힌 듯이 마음에 남아 있다.

'난 모릅니다. 언제까지고 자발적으로 밑바닥에 주저앉아 있는 당신의 기분 따위는.'

'네, 모릅니다. 어릴 적 일은 어쩔 수 없습니다. 당신은 어리고 힘이 없어서 그럴 수밖에 없었겠죠. 어린아이는 때로 부모의 노예가 되는 경우가 있습니다. ……하지만 지금은 다르다. 지금의 당신은 이미 어엿한 어른이데이. 더 이상 누군가의 노예가 될 일도 없다. 자신이 노력하기에 따라서 밑바닥에서 탈출할 수 있다. 그런데 뭐가 무서워서 평생 밑바닥에 있는 거고!'

'진짜 알 수가 없데이. 내한테 당신 같은 재능이 있다면 얼마나 좋을까 했었는데. 그런 재능을 가질 수 있다면 악마한테 영혼을 팔아도 좋다고 생각했는데. 그럴 정도로, 그만큼 뛰어난 재능을 가진 사람이 지금 대체 무슨 짓을 하고 있는 거고!'

목 안쪽에서 쥐어짜는 듯한, 비통하다고도 할 수 있는 키요타카의 외침.

정말 충격이었다며 엔쇼는 쓴웃음을 지었다.

"……엔쇼 씨. 괜찮다면 한잔할래요?"

한잔 사겠다며 이린은 지금 나온 바를 엄지로 가리켰다.

"좋제. 하지만 부자 양반의 도움을 받을 수는 없으니 마신다면 저기는 어떤교?"

엔쇼는 푸동이 잘 보이는 길가를 턱 끝으로 가리켰다.

"좋네요, 그렇게 해요."

엔쇼와 이린은 매장에서 작은 병맥주를 사서 길가로 향했다. 푸동의 야경을 바라보며 건배했다.

"결국 내가 얻어먹네요. 신사예요."

이린은 엔쇼가 산 병맥주를 들고 잘 먹겠다며 즐거운 듯이 웃었다.

"신사 아이다. 스승님이 말씀하셨데이. '뛰어넘고 싶은 사람과 음식을 함께 먹을 때는 허세라도 니가 돈을 내라. 그러면 참말로 그 사람에게 사줄 수 있는 사람이 된다'고."

엔쇼는 병맥주를 한 모금 마신 후 그렇게 말하고 입가를 끌어올렸다.

이린은 흐음, 하고 중얼거리고 난간에 팔꿈치를 괴었다.

"그럼 홈즈에게도 샀나요?"

"그 자슥은 그런 틈을 안 준다."

"그랬구나."

이린은 중얼거리고 비꼬는 듯한 웃음을 띠었다.

"아빠가 사업가일 뿐 나 자신은 아무런 장점도 없는 일반 학생이에요. 뛰어넘을 것도 없어요."

"미국 의대에 갔다 아이가?"

"가족이나 주위 사람에게 인정받고 싶어서 필사적으로 공부했을 뿐이에요. 의대라면 누구나 대단하다고 말해준다고 생각했을 뿐이죠. 사실은 의사가 되고 싶은 것도 아니에요."

이린은 그렇게 말하고 눈을 내리떴다.

의미심장한 느낌이 들었지만 엔쇼는 아무 말 없이 맞장구를 쳤다.

"아까 오빠와 나눈 대화를 듣고 이상하다고 생각했죠?"

"맞다."

"……우리 엄마는 돈을 노리고 기혼자였던 아빠에게 접근했어요. 아빠가 바람을 피운 것을 안 부인, 오빠의 엄마는 마음의 병을 얻었고요. 더욱이 엄마가 나를 임신한 것을 알고 목숨을 끊고 말았어요. 그런데 우리 엄마는 나를 낳은 후 바로 아빠를 떠났어요. 위자료만 챙겨서요. 그러다 보니 나는 아빠의 친척들에게는 천덕꾸러기 같은 존재인 거죠. 오빠는 나를 죽이고 싶을 만큼 미워하고 있고요."

이린은 거기까지 이야기하고 맥주를 한 모금 마신 후 하늘을 올려다봤다.

"나는 할아버지 할머니에게도 미움을 받아서 '천한 여자의 딸'이라는 말을 늘 뒤에서 들어왔어요. 아빠도 자신이 저지른 실수의 상징이라고 생각하는지 나를 피해왔고요. 지금까지 가족에게 생일을 축하받은 적이 없어요. 그래서 인정받고 싶고, 조금이라도 나 자신을 보여주고 싶어서 노력해왔어요. 오빠에게도 인정받고 싶지만 뭘 해도 안 돼요. 지금도 오빠와 친해지고 싶어서 회의를 하자며 식사를 권했지만 결과는 그런 꼴이었어요."

이린은 어깨를 으쓱거리고 숨을 내쉬었다.

"이번 기획도 그래요. 나는 아빠의 힘이 되고 싶어서 애를 쓴 건데 오빠의 눈에는 점수를 따려는 행동으로 비쳤나 봐요. 그 시로와 내 혼담을 추진하려 했던 것도 오빠예요. 얼른 외국인과 결혼해 해외로 떠났으면 했겠죠."

유복한 집에서 자랐지만 마음 둘 곳이 없었던 이린의 심정이 전해져왔다. 방구석에서 눈에 띄지 않도록, 미움받지 않도록 지냈던 그 시절의 유키 같았다.

"이상하게 너무 애쓰니까 오라버니 눈에 거슬리는 거겠제. 댁은 댁이니 아버지나 오라버니에게서 떨어져 자신이 좋아하는 일을 하는 건 어떤교?"

"내가 좋아하는 일이 뭔지 모르겠어요······."

이린은 먼 곳을 보는 듯한 눈으로 중얼거렸다.

그 마음은 잘 안다.

"그렇겠제, 내도 그렇다."

"감정사를 목표로 하고 있는 거 아니에요?"

"감정사가 되고 싶었던 건······."

거기까지 말하다 머릿속에 키요타카의 모습이 또렷이 떠올랐다.

나는 그 남자가 되고 싶었던 것이다.

엔쇼는 지금 처음으로 자신의 마음을 확실히 안 것 같았다. 감정사가 되고 싶었던 것이 아니다. 야가시라 키요타카가 되고 싶었던 것이다. 그래서 나는 나라고 훈계하면서도 마음

어딘가가 개운치 않았다. 골동품 감정을 할 수 없으면 그림 감정의 길로 나아가면 된다. 하지만 거기에는 매력을 느끼지 못했다. 거부하면서, 반발하면서 맹렬하게 동경하고 있었다.

갑자기 자기 마음속을 자각하자 애처로워서 웃음이 나왔다.

"왜 그래요?"

"아니, 아무것도 아이다."

"그래요?" 하고 이린은 맥주를 입으로 가져갔다.

"이보래이."

"왜요?"

"오늘 밤 같이 보내지 않겠노?"

표정도 바꾸지 않고 아무렇지 않게 말하는 엔쇼를 두고 이린은 무슨 말을 들었는지 이해하지 못했는지 눈을 깜빡였다.

그러나 다음 순간 얼굴을 붉혔다.

"그, 그게 뭐예요. 내가 좋아졌어요?"

이린은 동요로 몸을 떨면서 물었다.

"아니, 그런 건 아이지만, 뭐랄까 그런 충동에 빠졌다."

"거절할게요."

이린은 노려보는 듯한 눈으로 딱 잘라 말하고 얼굴을 돌렸다.

"그래? 아쉽데이."

엔쇼는 조금도 아쉽지 않은 기색으로 맥주를 입으로 가져갔다.

"좋아하지도 않는데 그런 충동에 빠지다니 믿을 수 없네요."

아직도 새빨간 얼굴로 투덜대는 이린을 보고 엔쇼는 풋, 하고 웃었다.

"댁도 마치 소녀 같은 말을 한데이."

"나는 소녀예요! ……난 그렇게 충동적으로 살지 않아요."

이린은 고개를 숙인 채 작은 목소리로 중얼거렸다.

"아, 그렇구먼. 저쪽 대학에서 멋진 캠퍼스 라이프를 보냈던 거 아니었나?"

"주위에 그런 사람도 있지만 나는 미움받는 타입인지 친구도 적고 남자가 데이트를 청하는 일도 없어서 집과 대학을 왕복하고 도서관에 다니는 수수한 대학생인걸요."

횡설수설 그런 이야기를 하는 이린을 앞에 두고 엔쇼는 큭큭 웃으며 어깨를 떨었다.

"뭐, 댁은 오해받을 법한 타입이기는 하다. 내도 싫어했고."

그것은 역시 타고난 부호의 오라가 그렇게 만드는 것이리라. 사랑에 서민적인 면이 불쾌하게 느껴졌다.

"지금도 싫어해요?"

"……싫어하는 여자를 유혹하지 않는다."

"그렇구나."

이린은 아주 조금 기쁜 듯한 얼굴을 했다.

"하지만 숙맥이 같은 여자를 유혹하지도 않는다. 댁도 아오이 씨처럼 멋진 백마 탄 왕자님을 찾아 나중에 안기면 된다."

엔쇼는 그렇게 말하고 웃었다.

엔쇼가 완전히 자신을 유혹할 기분이 아니게 된 것을 보고 이린은 안심한 기색이면서도 어딘가 당황한 듯한 표정을 보이고 있었다.

"아, 뭐고? 아쉬워하나?"

"아니에요. 다만……."

"다만?"

"당신은 아오이 씨를 좋아하는 게 아닌가 했기 때문에 지금 한 말이 의외라서……."

그 말에 엔쇼는 조금 놀랐다.

"우째서 그렇게 생각했노?"

"코마츠 씨 사무소에서 당신을 만났을 때 혹시나 했어요. 아오이 씨를 대하는 눈빛이나 언동이 아주 부드럽고 따듯해서요."

아아, 하고 엔쇼는 웃었다.

"실은 내도 잘 모르겠다."

야가시라 키요타카가 되고 싶었기 때문에 마치 동화하듯이 자신도 아오이를 좋아했을지 모른다는 생각도 든다. 자신에게 아오이가 특별한 존재인 것은 자각하고 있다. 그러나 그것이 연애 감정인지, 다른 것인지는 알 수 없다.

"실은 내게 남자가 접근한 건 이번이 처음이에요."

"그거 최악이다. 미안하데이. 지금 건 세지 않아도 된다."

"그러네요. 그럴게요."

이린은 입을 삐죽이며 말하고 문득 손목시계로 눈길을 보냈다.

"슬슬 돌아가야겠어요."

"바래다줄까?"

"괜찮아요. 잘 먹었어요."

"그라믄 조심히 가래이."

엔쇼는 그렇게 말하고 손을 들려다 아아, 하고 말했다.

"맞다, 내는 내일 일본에 돌아갈 거다. 받은 티켓을 멋대로 변경해서 미안하데이."

"네? 무슨 일 있었어요?"

"여기 와서 감정사는 될 수 없다는 걸 알았다."

"그렇다 해도 전시회가 열릴 때까지 있어도 되잖아요."

"……지금은 무리다."

자신이 '될 수 없다'는 것을 안 지금 키요타카의 곁에 있기는 괴로웠다.

"홈즈와 코마츠 씨는 당신이 내일 돌아가는 걸 아나요?"

"……아니."

"전화로 해도 좋으니까 제대로 알려요. 화풀이할 수 있는 상대는 어리광부릴 수 있는 상대도 된다고 생각해요. 그런 존재가 있는 건 행복한 일이에요."

부잣집 딸내미가 어디서 그런 걸 주워들었는지 신기하다.

엔쇼는 겸연쩍어서 눈길을 돌렸다.

이린은 못 말리겠다는 듯이 어깨를 으쓱거리고 "그럼 잘 자요." 하고 손을 흔들고 엔쇼에게서 돌아섰다.

'정말 바래다주지 않아도 괜찮을까?'라고 생각하며 엔쇼는 떠나는 이린의 등을 전송했다.

그러자 대기하고 있었는지 이린의 모습을 보자마자 데리러 온 차가 다가와 운전기사가 문을 열었다.

"역시 부자로구먼."

생각해보니 이린이 차고 있던 시계는 애플 워치였다. 마중 온다는 연락이 왔을 것이다.

혼자가 된 뒤에도 엔쇼는 푸둥의 야경을 멍하니 바라보고 있었는데, 주머니에 든 스마트폰이 울렸다.

키요타카에게 온 전화였다.

……왔다!

이래서는 마치 기다리고 있었던 것 같다. 아니, 마음속 어딘가에서 키요타카의 전화를 기다리고 있었을지도 모르겠다.

"…………."

엔쇼는 전화는 받았지만 어떻게 대답해야 좋을지 몰라서 입을 열 수 없었다.

— 안녕하세요, 아직 상하이에 있는 거죠?

키요타카가 그렇게 묻자 겨우 대답할 수 있었다.

"맞다. 여권이 방에 있으니 돌아갈 수 없다 아이가."

— 그랬겠네요.

"뭐, 상하이의 맛있는 것도 먹었으니 이제 일본에 돌아갈 기다. 슬슬 여권과 짐을 가지러 돌아가야겠다고 생각하던 차데이."

그렇게 이야기하면서 키요타카가 뭐라고 말하려나 싶어서 심장 소리가 강해졌다.

자신을 붙잡아주지 않을까 마음 어딘가에서 기대하고 있었다.

— 당신이 하는 말은 알겠습니다. 당신이 감정사의 길을 걷겠다는 소식을 들었을 때는 나도 기뻤습니다만 적성이란 게 있습니다. 당신에게는 당신의 재능을 성장시킬 수 있는 세계가 따로 있겠죠.

그 말에 팍 짜증이 솟구쳤다.

"그 위로는 뭐고. 또 위작 제작이나 좀도둑질이라도 열심히 하라고 말하고 싶은 거가. 어차피 내는 그런 것밖에 못 하니까."

자신이 뛰쳐나갔으면서 무심코 그런 말을 하고 말았다.

괜한 화풀이라는 것은 알고 있다. 그래도 나는 되고 싶었다. 무슨 일이 있어도 감정사가 되고 싶었던 것이다. 그게 되면 자신이 원했던 모든 것이 손에 들어올 것 같았다. 야가시라 키요타카에게 가까워지는 것 같았다.

하지만 아무나 되고 싶다고 되는 것은 아니었다. 꿈을 포기한 사람에게 '아깝다' '더 힘내라'는 말은 너무 무책임하다는 것도 알고 있다. 타인에게 그런 말은 절대로 듣고 싶지 않다. 하지만 키요타카에게만은 듣고 싶었다.

'유감입니다. 당신에게는 재능이 있다고 생각했기 때문에 너무 아깝습니다.'

그런 말을 듣고 싶었다.

그러나 혹여 그런 말을 들어도 나는 마찬가지로 반발할지도 모른다. 키요타카를 앞에 두면 나는 마치 어쩔 줄 모르는 응석받이 같다. 이린의 말대로 나는 키요타카에게 어리광을 부리고 있는 것이리라.

키요타카는 아무 말도 하지 않았다. 어이가 없는 게 틀림없다.

겸연쩍어서 전화를 끊고 싶은 충동에 사로잡혔을 때 키요타카는 한 박자 쉬고 '실은.' 하고 말을 꺼냈다.

— 당신에게 할 이야기가 있습니다. 이야기가 아니라 부탁이네요. 지금부터 만날 수 있을까요?

생각지도 못했던 말에 엔쇼는 격앙됐던 감정이 가라앉는 기분이 들었다.

"……상관없다."

맥이 풀린 목소리로 대답했다.

— 지금 어디 있습니까?

"호텔 근처다. 와이탄 길가데이."

— 그럼 지금부터 그리로 가죠.

그대로 전화는 끊어졌다.

무슨 할 얘기가 있다면 내가 호텔로 돌아가도 되는데. 어차피 짐을 가지러 가야 한다. 그 남자답지 않은 것 같았다.

"뭐고, 서두르는 것 같데이."

엔쇼는 나직하게 중얼거리고 스마트폰을 주머니에 넣었다.

2

엔쇼와 하던 전화를 끊은 후. 키요타카와 코마츠는 바로 호텔을 나서서 와이탄의 길가로 향했다.

와이탄에서 황푸강 저편에 우뚝 솟은 푸동의 야경은 절경이라며 코마츠는 눈을 가늘게 떴다. 각양각색의 빛이 가득한 풍요로운 도시는 가까운 장래에 동양의 뉴욕이라고 불리는 날이 올지도 모른다는 생각이 들게 만들었다.

코마츠는 앞을 걷는 키요타카의 뒷모습을 바라보면서 어쩌면 자신은 방해꾼이었을지도 모른다고 새삼 생각했다. 하지만 자신도 엔쇼와 관련이 있는 몸이다. 아무 도움도 안 되고 친분도 얕지만, 싸우는 두 사람을 보면서 멋대로 형제 같은 기분으로 지냈다.

이윽고 엔쇼의 실루엣이 보이기 시작했다. 야구 모자를 쓰고 셔츠에 청바지 등 평소의 간편한 옷차림이었다.

키요타카는 엔쇼에게 다가갔고 코마츠는 조금 떨어진 곳에 머물렀다.

두 사람은 일정 간격을 두고 얼굴을 마주 봤다. 한동안 입을 다물고 있었다. 기다리다 지쳐 먼저 입을 연 것은 엔쇼였다.

"말도 안 하고 뭐고?"

"죄송합니다."라고 말하고 키요타카는 얼굴을 들었다.

"엔쇼, 당신에게 부탁이 있습니다."

"……뭐고."

"키쿠카와 시로가 아오이 씨를 노리고 있습니다."

"뭐?"

엔쇼의 음색이 바뀌었다.

키요타카는 스마트폰을 꺼내 엔쇼에게 보였다.

아오이를 몰래 찍은 사진을 보여주고 있으리라.

"이기 뭐고……."

엔쇼는 화면에 얼굴을 갖다 대고 떨리는 목소리로 말했다.

역시 엔쇼에게 아오이는 특별한 존재인 것이다.

"그녀를 구하는 데 당신의 힘이 필요합니다."

"……내 힘?"

네, 하고 키요타카는 고개를 끄덕이나 싶더니 깊이 머리를 숙였다.

"부탁합니다. 힘을 빌려주세요."

"!"

키요타카가 엔쇼를 앞에 두고 깊숙이 머리를 숙여 간청하는 모습을 코마츠는 상상도 한 적이 없었다.

엔쇼도 마찬가지이리라. 동요한 듯이 시선을 이리저리 움직이고 있었다.

"……참말로 놀랐다. 댁답지 않데이. 댁이 내한테 머리를 숙이다니, 이 세상에서 제일 하고 싶지 않은 일 아이가?"

엔쇼가 얼굴을 일그러뜨리며 말하자 키요타카는 머리를 숙인 채 "그런 건 아무래도 좋다."라고 낮은 목소리로 대답했다.

"뭐?"

"아오이를 구하기 위해서라면 땅에 엎드리든 뭐든 할 거다. 내 시시한 자존심 따위는 개한테 주면 된다."

키요타카의 말에 엔쇼는 눈을 동그랗게 뜨고 풋, 하고 웃음을 터뜨렸다.

"앞서 한 말은 철회한데이. 반대로 댁답다. 이제 됐다. 머리를 들어주지 않겠노. 댁이 머리를 숙이니 기분이 나빠서 못 참겠다. 그리고 내도……."

아오이를 구하고 싶다고 이어 말하고 싶었지만 엔쇼는 마지막까지 말하지 않았다.

키요타카는 겨우 머리를 들고 가만히 입가를 끌어올렸다.

"그래서 뭘 하면 되노?"

"당신이 그림을 준비해줬으면 합니다."

"그림을?"

"네, 아시야 타이세이의 그림입니다."

키요타카가 그렇게 말하자 엔쇼도 코마츠도 눈을 크게 떴다.

즉 키요타카는 엔쇼에게 다시 위작을 제작하라고 말한 것이다. 결코 위작에는 손을 대지 않겠다고 결심한 엔쇼에게. 그 결의를 하게 만든 키요타카 자신이 그 위작 제작을 명령했다.

"…………."

너무 잔혹해서 코마츠의 가슴이 아팠다.

엔쇼도 순간 괴로운 표정을 지었지만 작게 숨을 내쉬었다.

"뭐, 내 보잘 것 없는 결의나 자존심도 개한테 주면 되겠제."

방금 엔쇼에게 머리를 숙이고 자신의 자존심 따위는 개에게 주라고 했던 것도 엔쇼의 이 말을 이끌어내기 위해서였던 것일까?

아무리 가장 사랑하는 사람을 구하기 위해서라고는 하나 다시 엔쇼에게 죄를 짓게 하는 것은 과연 옳을까?

키요타카는 아오이의 일이 되면 이렇게까지 수단을 가리지 않게 되는 것일까?

"근데 뭐고? 시로는 아시야 타이세이의 그림을 원하고 있는 거가?"

"……네, 나는 타카미야 씨가 소유한 아시야 타이세이의 그림을 훔쳐야 합니다. 자세한 건 호텔로 돌아가서 이야기하죠."

그런 두 사람의 대화를 코마츠는 괴로운 기분으로 듣고 있었다.

[6] 작전 수행

1

아침 해가 방 안을 눈부시게 비추었다.

"아오이 씨, 건강한 것 같아서 다행이에요. 네, 아아, 그랬군요. 그리고 보니 시차는 괜찮나요?"

코마츠는 거실 소파에서 커피를 마시며 키요타카가 아오이와 전화하는 모습을 바라보고 있었다.

즐겁게 이야기하고 있지만 이렇게 무사히 목소리를 들을 수 있는 것이 기뻐서 견딜 수 없으리라. 눈에는 눈물을 글썽이고 있었다.

"그랬군요. 리큐가…… 미안하지만 곁에 두고 있어요."

리큐는 충실하게 아오이의 보디가드를 맡고 있는 듯했다.

"네, 열심히 해요."

한동안 그런 대화를 나누고 잘 자라는 인사를 한 후 키요타카는 전화를 끊었다.

이쪽은 아침이지만 뉴욕은 밤이기 때문이다.

통화를 마친 키요타카는 휴우, 하고 숨을 내쉬고 얼굴을 들었다.

엔쇼는 진지한 얼굴로 앞으로 몸을 내밀고 물었다.

"아오이 씨는 어떤 상태가. 괜찮은 거가?"

"지금으로서는 특별히 위험을 느끼지 않는 것 같아요. 자신이 사진에 찍힌 것도 모르는 것 같네요. 지금은 리큐를 옆에 붙여 감시를 게을리하지 않게 하고 있습니다."

그렇군, 하고 엔쇼는 숨을 내쉬고 혼잣말처럼 중얼거렸다.

"리큐가 붙어 있어 준다면 조금은 안심이데이."

키요타카뿐만 아니라 엔쇼도 리큐를 크게 믿고 있는 듯했다.

"코마츠 씨, 엔쇼, 다시 이번 계획을 전달하겠습니다."

진지한 표정을 보이는 키요타카의 말을 듣고 두 사람은 무심코 자세를 바로 했다.

"그림 강탈 계획이로구먼."

엔쇼가 그렇게 말하자 코마츠는 씁쓸한 기분으로 입을 꾹 다물었다.

"바꿔칠 그림이 준비되면 코마츠 씨가 보안을 해제하고 저는 통풍구로 침입합니다. 댐퍼에 막히지 않고 전시회장으로 침입할 수 있는 통풍구가 하나 있습니다. 횡벽으로 들어가게 됩니다만."

키요타카는 호텔 벽을 가리키며 이야기를 계속했다.

"그때 엔쇼는 바꿔칠 그림을 들고 창문 닦는 크레인을 타고 옥상에서 내려옵니다. 통풍구에서 전시회장으로 침입한 저는 안에서 창문을 엽니다. 거기서 엔쇼에게 그림을 받아 진품과 바꾸고 엔쇼와 함께 돌아옵니다."

키요타카의 말을 듣고 엔쇼는 얼굴을 찌푸렸고, 코마츠는 "말이 되나……."라고 중얼거렸다.

간단히 말했지만 결코 간단한 일이 아니었다.

애초에 창문 닦는 크레인을 쓰면 눈에 띄지 않을까?

기죽은 표정의 두 사람을 앞에 두고 키요타카는 작게 웃으며 이야기를 계속했다.

"이런 안도 순간 생각했지만 이건 현실적이지 않아서 패쓰했습니다."

"그럼?"

코마츠와 엔쇼는 눈을 깜빡였다.

"네, 그런 영화 같은 방식은 역시 어려우니 모험은 하지 않겠습니다. 저만 할 수 있는 방식이 있습니다."

"형씨만이 할 수 있는 방법이 뭔데?"

"타카미야 씨에게 이렇게 말합니다. 전시회가 시작되기 전에 당신이 기탁한 그림을 다시 한번 꼼꼼히 감정하고 싶다고요. 그리고 전시회장에서 그림을 가져 나옵니다. 차로 운반할 때 강도가 나타나 그림을 강탈한다는 작전입니다."

"가, 강탈?"

코마츠는 눈을 깜빡였다.

"강도는 우리가 하기에는 무리이니 키쿠카와 시로에게 부탁하려고 합니다만…… 두 사람은 이걸 봐주시겠습니까?"

키요타카는 그렇게 말하고 수첩을 펼쳤다.

2

그 후 키요타카는 작전을 그대로 결행했다.

우선 처음에 타카미야에게 접촉해 엔쇼와 코마츠에게 말했던 대로 제안했다.

'전시회가 시작되기 전에 당신이 기탁한 아시야 타이세이의 후기 그림과 초기 그림을 다시 한번 꼼꼼하게 감정하고 싶습니다.'

여기에는 코마츠도 동석했다.

키요타카는 타카미야의 옆에서 이야기하며 수첩을 펼치고 '이 스케줄이면 전시회에 늦지 않습니다.'라고 설명했다.

타카미야는 크게 고개를 끄덕이고 한 문장으로 승낙했다.

'나도 개운치 않아서 다시 꼼꼼히 조사받고 싶네요.'

그리고 그림의 소유자인 타카미야 자신이 지우 씨에게 요청함으로써 전시회장의 보안을 해제할 필요도, 몰래 숨어들 필요도 없이 목표인 그림을 들고 나오는 데 성공했다.

그것은 그야말로 키요타카이기에 할 수 있는 작전이었다.

다만 노골적으로 기뻐해서는 안 된다. 여기부터 범죄의 영역으로 들어간다.

키요타카의 작전은 무서울 만큼 순조롭게 진행됐다. 코마츠는 타카미야에게 찾아갔을 때 동석한 이후로는 작전에 관여하지 못했다. 코마츠까지 휘말리게 할 수 없다는 키요타카의 배려가 있었기 때문이다. 그래서 코마츠는 한 걸음 떨어진 곳에서 키요타카가 세운 계획을 지켜봤다.

반출된 그림을 감정 장소까지 옮기는 역할은 루이에게 부탁했다.

'맡겨주십시오.'

루이는 강한 어조로 말하며 맡아줬다. 하지만 이쪽의 시나리오대로 루이는 시로가 수배한 강도의 공격을 받아 그림을 빼앗기고 만다.

빼앗긴 그림은 그대로 시로가 비밀리에 준비한 감정사에게 신속하게 보내졌다. 그곳에는 지우 씨가 소유하고 있는 만다라 그림의 데이터도 있어서 같은 작가가 그린 것인지 과학적으로 검증할 수 있다고 한다.

그리고 몇 시간 후.

키쿠카와 시로에게서 '감정 결과 틀림없이 아시야 타이세이의 작품이었어. 열심히 움직여줘서 고마워. 아오이에게 붙였던 감시를 해제하고 신변의 안전은 보증하지'라고 연락이 왔다.

키요타카가 주먹을 쥐고 안도의 숨을 내쉰 것도 잠시. 그 몇 분 뒤에는 키요타카에게 진남색 제복을 입은 경찰관이 달려왔다. 그리고 키요타카의 손목에 가차 없이 수갑이 채워졌다. 바로 타카미야의 그림을 훔친 주모자는 야가시라 키요타카라고 시로가 신고했던 것이다.

3

키요타카가 경찰관에게 연행됐다는 보고를 받은 키쿠카와 시로는 어깨를 떨며 웃고 있었다.

이곳은 난징둥루에 있는 맨션의 한 방이다.

시로는 입가를 끌어올리고 소파에 털썩 앉아 잔에 레드 와인을 부었다.

"잘 가게, 야가시라 키요타카. 이제 이로써 너는 범죄자야. 모든 것을 잃었어."

그리고 건배, 하고 잔을 들었다.

시로의 시선 끝에는 이번에 입수한 작품, 아시야 타이세이의 그림이 있었다. 그 그림에 그려져 있는 것은 지난날의 예원이었다. 둥근 달 아래 아름다운 강남 정원과 예원 상성(商城)이 환상적으로 떠올라 있었다. 그림 왼쪽 아래에는 술을 마시며 담소를 나누는 병사들의 모습. 오른쪽 위에 그려진 테라스에는 달을 바라보는 궁녀의 실루엣이 있었다. 그리고 그림 가장자리에는 한시가 적혀 있었다.

葡萄美酒夜光杯
欲飮琵琶馬上催
醉臥沙場君莫笑
古來征戰幾人回

야광 술잔에 맛 좋은 포도주.
말 위에서 들리는 비파 소리가 술맛을 돋우네.
취해 모래밭에 누웠다고 그대여 웃지 말게나.
예부터 전쟁에 나갔다 돌아온 이 몇이나 되나.

〈양주사(涼州詞)〉라고 불리는 왕한의 시다.
맛 좋은 포도주를 달빛 비치는 잔에 붓는다.
마시려 하자 비파 소리가 말 위에서 울려 퍼졌다.
취해 모래벌판에 쓰러지는 모습을 보여도 너는 웃어서는 안 된다.
옛날부터 전장에 나간 병사 중 몇 명이나 돌아왔다고 생각하는가.

관리였던 왕한이 양주에 주둔한 병사들이 술을 즐기는 모습을 노래한 시다.

'이제부터 전장에 갈 사람들이다. 맛있는 포도주에 취해서 조금 떠들다가 눈을 감기를 바란다'는 전장으로 향하는 병사를 위로하는 부드럽고도 애달픈 시다.

시로는 이 시를 보고 와인을 마시고 싶다고 생각했다.

"그 만다라도 좋았지만 이 그림도 좋군."

지우가 마음에 들어 하는 것도 이해가 간다며 시로는 와인잔을 입으로 가져갔다.

돈에만 집착하는 시로가 남에게 주고 싶지 않다고 생각할 만큼 아시야 타이세이의 그림에는 아름다움과 독특한 흡인력이 있었다.

"분명 이제부터 더욱 유명해질지도 모르겠어."

시기를 봐서 암시장에 내보내 즉시 자신이 낙찰받은 다음 '도난당한 아시야 타이세이를 제가 낙찰받았습니다.'라며 지우에게 찾아갈 계획이었다. 하지만 좀 더 숨겨두는 편이 가치가 더욱 올라갈지도 모른다.

그 안목 있는 애송이가 도둑질까지 했다는 에피소드도 이 그림의 가치를 올려 주리라.

시로는 주머니에서 녹음기를 꺼내 재생했다.

'타카미야 씨에게 이렇게 말합니다. 전시회가 시작되기 전에 당신이 기탁한 그림을 다시 한번 꼼꼼히 감정하고 싶다고요. 그리고 전시회장에서 그림을 가져 나옵니다. 차로 운반할 때 강도가 나타나 그림을 강탈한다는 작전입니다.'

시로는 키요타카의 말을 들으면서 다시 어깨를 떨며 웃었다.

"그 녹음, 경찰에 넘기지 않았던 겁니까?"

동료의 목소리가 들리자 시로는 고개를 돌렸다. 그곳에는 지 루이의 모습이 있었다.

스파이 역할을 충실히 해준 루이를 앞에 두고 시로는 후홋, 하고 웃었다.

"경찰에는 편집한 걸 넘겼어. '키쿠카와 시로'의 이름이 나오지 않는 것을 말이야."

루이는 "그런가요." 하고 맞장구를 치고 아시야 타이세이의 그림으로 시선을 돌렸다.

"그런데 야가시라 키요타카가 정말 훔칠 줄은 생각 못 했습니다."

"그러게. 이것 참, 역시 고단수 도련님이야. 나도 절대 불가능하다고 생각했는데 정말 훔쳐 나왔어. 물론 내가 한 수 위였지만."

키요타카가 체포되는 순간을 보고 싶었다.

"불가능하다고 생각했습니까?"

"그래, 전시회장에서 그림을 훔쳐 나오는 건 당연히 무리라고 생각했어."

"그런데 어째서 그런 명령을 한 거죠?"

"그 도련님에게 열이 받았거든. 좀 곤란하게 만들고 싶었어. 성공하면 이렇게 진품을 손에 넣을 수 있고, 실패해도 그 녀석은 체포돼."

시로는 거기까지 말하고 문득 생각난 듯이 얼굴을 들었다.

"그러고 보니 요전에 아이리 양한테 전화가 왔어. 당연히 그 애송이를 문전박대했다는 말을 들을 줄 알았는데."

"아니었나요?"

"아주 만족했다고 했어. 솔직히 놀랐어. 그 도련님, 진짜 고단수야."

"마담 킬러라는 느낌은 들더군요."

"하지만 짜증나는 도련님이야. 뭐, 이제 감방에 처넣어서 후련해졌지만."

"시로 씨는 그뿐만 아니라 도련님이 싫은 거죠? 그래서 사람을 써서 지우 슈엔에게 가짜 요헨텐모쿠 다완을 사게 했어요."

"그건 멍청이 아들한테 돈을 뜯어내고 싶었을 뿐이야. 그래도 그렇게 간단히 걸릴 줄은 몰랐어. 뭐, 확실히 물건은 괜찮앗지만."

그때 시로의 스마트폰이 울렸다. 확인해보니 미국에서 온 문자였다. 시로는 첨부 사진을 열었다.

모두 마시로 아오이의 사진이었다. 처음에는 타키야마 요시에와 함께였지만 최근에는 몇 명으로 늘어나 있었다. 그중 일본인은 큐레이터인 후지와라 케이코와 보이시한 미소녀였다. 이 사진에서는 멜빵바지를 입고 야구 모자를 쓰고 있었다. 견습 감정사가 모이는 모임이라고 했으니 이 소녀도 견습 감정사 중 한 명일지도 모른다.

"일을 꼼꼼하게 해주고 있어서 감동했지만 이제 계약은 끝났어. 그건 그렇고 나는 아오이보다 이 보이시한 미소녀가 취향이로군."

"마시로 아오이에게는 이제 볼일이 없는 건가요?"

"그래."

"혹시 그녀를 없애는 건가요?"

"설마. 그런 위험은 굳이 치를 필요 없지. 이렇게 그녀에게 감시를 붙이는 데도 돈이 든다고. 만약 프로에게 살해를 의뢰하면 막대한 돈을 내야 할 거야. 그런 쓸데없는 짓은 안 해. 얼른 계약을 해지해야겠어."

시로는 사진을 보낸 사람에게 '일은 이제 끝났다. 고마워'라고 문자를 송신했다.

"이로써 아오이 건도 끝이야. 그럼 이 그림을 어떻게 하면 제일 비싸게 팔 수 있을까."

그렇게 중얼거렸을 때 시로의 스마트폰이 다시 울렸다. 번호는 부하의 것이었다. 무슨 일인가 싶어서 시로는 스마트폰을 귀에 댔다.

— 큰일 났습니다, 시로 씨. 야가시라 키요타카가 석방됐습니다.

그 말에 시로는 "뭐?" 하고 눈을 크게 떴다.

"석방이라니, 무슨 소리야? 돈을 쓴 건가?"

아무리 그래도 너무 이르다며 시로는 머리에 손을 댔다.

— 타카미야의 그림은 도둑맞지 않았습니다. 애초에 사건은 일어나지도 않았어요.

전화 상대가 무슨 말을 하는지 이해할 수 없어서 시로는 시선을 이리저리 움직이며 그림을 가리켰다.

"……무슨 소리야? 여기에 아시야 타이세이의 작품이 있어. 진품인 건 과학적으로 입증됐잖아."

그때 거실 문이 열렸다. 시로가 튕겨나듯이 고개를 돌리니 그곳에는 웃음을 띤 키요타카가 서 있었다. 그의 뒤에는 코마츠와 엔쇼도 있었다.

"안녕하세요."

키요타카가 모습을 드러내자 루이는 미안하다는 듯이 시로에게 인사를 하고 키요타카의 옆으로 걸어갔다. 키요타카는 루이의 어깨에 손을 얹었다.

순식간에 루이가 배신한 것을 깨달은 시로는 멍하니 일어났다.

"오랜만이네요, 키쿠카와 씨."

키요타카는 루이의 어깨에 손을 얹은 채 싱긋 미소 지었다.

* * *

이야기는 조금 전으로 거슬러 올라간다.

일행이 머물고 있는 호텔의 거실에서 계획을 세우던 때의 일이다.

"타카미야 씨에게 이렇게 말합니다. 전시회가 시작되기 전에 당신이 기탁한 그림을 다시 한번 꼼꼼히 감정하고 싶다고요. 그리고 전시회장에서 그림을 가져 나옵니다. 차로 운반할 때 강도가 나타나 그림을 강탈한다는 작전입니다."

"가, 강탈?"

코마츠는 눈을 크게 떴다.

"강도는 우리가 하기에는 무리이니 키쿠카와 시로에게 부탁하려고 합니다만…… 두 사람은 이걸 봐주시겠습니까?"

키요타카는 그렇게 말하고 수첩을 펼쳤다.

그곳에는 이렇게 적혀 있었다.

'아무래도 우리 대화는 도청당하고 있는 것 같습니다. 아마 입장 허가 배지일 것 같아서 확인해보니 정답이었습니다.'

그 글을 보자 코마츠와 엔쇼는 입을 다물고 키요타카의 가슴에 달린 '홈' 자가 두 개 나란히 있는 배지로 시선을 돌렸다.

키요타카는 다음 페이지를 펼쳤다.

'이 배지를 제게 단 건 루이입니다.'

'루이에게 의심을 품은 저는 반대로 그에게 도청기를 달았습니다. 예상은 맞았습니다. 루이는 시로와 연결돼 있습니다.'

두 사람은 숨을 삼키고 맞장구를 쳤다. 키요타카는 수첩을 넘겼다.

'그 증거를 가지고 저는 루이를 흔들어 우리에게 협력하게 하려고 합니다. 그도 지우 씨를 적으로 돌리고 싶지는 않을 테니 아군으로 만들기는 쉽지 않을까 해서요.'

"그렇게 잘될까?"

코마츠는 무심코 작은 목소리로 중얼거렸다.

그러자 키요타카는 수첩에 글자를 쓱쓱 적었다.

'일단 지우 씨에게 루이는 어디까지나 우리의 스파이로서 키쿠카와 시로의 밑에 있었다고 전할 생각입니다. 그럼 그의 입장은 보호될 수 있고, 어차피 돈으로 이어진 관계, 유대감 같은 건 없겠죠.'

그 내용을 보고 엔쇼는 그렇겠다고 동의했다.

"잘되겠제?"

키요타카는 수첩을 넘겨 다음 글을 보였다.

'그리고 도청기가 달려 있는 것을 역이용해 일을 진행하려고 합니다.'

코마츠와 엔쇼는 얼굴을 마주 보고 의기양양하게 씩 웃었다.

'이 계획에는 타카미야 씨의 협력도 얻을 예정입니다.'

잘 알았다며 코마츠와 엔쇼는 엄지를 들었다.

그리고 키요타카는 루이와 접촉해 시로와 이어져 있는 증거를 무기 삼아 이쪽 스파이로 삼는 데 성공했다. 이때는 이린의 협력도 얻었다.

그 후 타카미야를 찾아가서 도청기를 통해 시로에게 알려지도록 일부러 이야기를 들려주고, 마찬가지로 타카미야에겐 수첩을 보여주며 이야기를 진행했던 것이다.

* * *

"그런 이유로 당신에게 제공됐던 정보는 모두 이쪽이 의도적으로 흘린 것입니다. 유감이지만 전시회장에서 그림은 가져나오지 않았습니다."

키요타카는 시로의 맞은편에 앉아 즐거운 듯이 미소 지으며 말했다.

"……그러면 이 아시야 타이세이의 그림은? 내가 수배한 일당이 이 그림을 강탈한 건 사실이잖아?"

시로는 얼굴을 일그러뜨리며 고개를 돌렸다.

"네. 실제로 루이가 그림을 운반하고 당신 부하가 그 그림을 강탈했습니다. 하지만 그 그림은, 엔쇼가 그린 겁니다."

키요타카가 작전을 진행하는 동안 엔쇼는 방에 틀어박혀 그림을 그렸다.

시로는 엔쇼에게 시선을 보내며 얼굴을 일그러뜨렸다.

"그렇군. 확실히 전직 위작자라는 거로군. 이 남자에게 위작을 만들게 했다는 건가. 과학 분석 결과도 가짜 정보였다는 거군."

시로가 분한 듯이 어금니를 악문 그때 거실 문이 난폭하게 열리고 진남색 제복을 입은 경찰관들이 들이닥쳤다.

경찰관은 바로 시로를 구속했다. 그에게는 지우 슈엔에게 요헨텐모쿠 다완이 가짜라는 것을 알면서 판매한 혐의, 키요타카를 협박해 강도 행위를 강요한 혐의가 붙어 있었다.

수완이 좋은 남자다. 지금까지는 잘 도망쳤을지도 모르지만 털면 얼마든지 먼지가 나올 만한 인물이다.

"젠장!" 하고 시로가 소리를 질렀다.

"키쿠카와 시로 씨. 지우 씨는 당신을 '악당'이 아니라 '악동'이라고 했다 하더군요. 당신은 거물 측에서 교묘하게 사람을 조종해 그 덕을 보는 데는 능했던 것 같습니다만, 자신이 큰 사건을 맡는 건 적성이 아닌 듯하네요. 누구나 자신 일이 되면 냉정함을 잃는 법이죠."

키요타카를 함정에 빠뜨리려 했지만 어느새 자신이 함정에 빠졌다는 뜻이다. 악동이 악당처럼 큰일을 하려고 하면 쉽게 밑천이 드러난다. 자신의 그릇을 착각했다고 키요타카는 말하는 것이리라. 그 말에 일리가 있겠지만, 어쩌면 이번만큼은 상대가 너무 셌던 것 같다.

경찰에 연행되는 키쿠카와 시로의 뒷모습을 보면서 다시금 야가시라 키요타카라는 남자만큼은 적으로 돌리고 싶지 않다며 코마츠는 쓴웃음을 지었다.

[7] 출발하는 날 밤

1

키쿠카와 시로가 체포되자 키요타카와 루이도 경찰의 참고
인 조사를 받게 됐고, 모든 일이 진정됐을 무렵에는 전시회
개최일이 다가와 있었다.

"보고 싶은 것이 있습니다."

사전 오픈 전날.

키요타카는 지우 씨의 허가를 받았다며 엔쇼와 코마츠를
호텔 텐디의 최상층에 있는 전시장으로 안내했다.

최상층의 경비원들은 키요타카의 모습을 보자마자 인사하
고 문을 열었다.

"……여기 숨어들려고 계획했던 때가 있었는데 말이제."

야유 섞인 어조로 중얼거리는 엔쇼의 말을 듣고 코마츠는
"참 그러네."라며 웃었다.

"지금 형씨는 키쿠카와 시로 체포에 공헌한, 지우 씨의 은
인이니까."

지우 씨는 물론이거니와 속아서 요헨텐모쿠 다완에 거금을
준 아들 슈엔이 눈물을 흘릴 기세로 기뻐했다.

'고마워요, 고마워. 어쩌면 돈도 돌아올지도 몰라요.'

슈엔은 키요타카의 손을 잡고 마구 흔들었다.

옆에 있던 엔쇼가 '댁 동생이 오빠를 속인 걸 용서할 수 없다며 꽤나 애썼데이.'라고 덧붙였다.

그러자 슈엔이 눈을 깜빡이며 '이린이?'라고 의외라는 듯이 중얼거렸다.

사이 나쁜 남매지만 조금이라도 관계 개선으로 이어졌으면 좋겠다고 생각했으리라.

처음 만난 날 아가씨는 좋아하지 않는다고 내뱉었던 엔쇼가 이린을 도와준 것은 의외였다.

그런 일을 회상하면서 코마츠는 최상층의 전시회장을 관람하며 걸어갔다.

우선 눈에 들어온 것은 현대 작가가 쓴 백거이의 〈대주(對酒)〉였다.

蝸牛角上爭何事
石火光中奇此身
隨富隨貧且歡樂
不開口笑是痴人

아름답고 시원스레 뻗으면서도 박력 있는 글씨를 보고 키요타카, 엔쇼는 발걸음을 멈추고 고개를 연신 끄덕였다.

"훌륭하네요."

"그래, 제법이데이."

거기에는 코마츠도 동감이었다. 그림에 대해서는 모르지만 글씨의 아름다움은 왠지 모르게 느낄 수 있었다. 그 밖에 전시된 작품은 지우 씨가 특히 마음에 들어 하는 근대 예술 작품이었고, 그 매력은 코마츠가 잘 이해할 수 없는 것이 많았다.

"저게 아시야 타이세이의 작품입니다."

키요타카는 막다른 벽에 장식된 작품을 가리켰다.

코마츠와 키요타카는 감시 카메라의 영상으로 봤지만 엔쇼는 아시야 타이세이의 작품을 아직 본 적이 없었다.

그때 키요타카는 아시야 타이세이의 그림을 준비해달라고 엔쇼에게 말했다. 하지만 실제로 엔쇼가 제작에 착수하게 됐을 때…….

'내 감정으로 당신과 아시야 타이세이의 작풍은 비슷합니다. 그러니 위작이 아니어도 됩니다. 그림을 한 장 그려주시겠습니까? 옛날 중국을 연상시키는 그림을 부탁합니다.'

키요타카는 엔쇼에게 그렇게 말했었다.

그 말에는 엔쇼도 코마츠도 놀랐다.

'뭐, 그냥 그림을 그리기만 하면 되나.'

'네, 잘 부탁합니다.'

작풍이 비슷하다고는 하나 원본이 될 작품을 보지 않고 괜찮을지 의문스럽게 생각했지만 키요타카가 그렇게 말한다면 틀림없겠다는 신뢰와 함께, 무엇보다 엔쇼에게 위작 제작을 시키지 않아서 코마츠는 안심했다.

'아오이 씨의 목숨이 달려 있습니다. 진심으로 부탁합니다.'

키요타카의 그 말은 엔쇼의 마음에 불을 지핀 듯했다.

엔쇼는 그 후 방에 틀어박힌 채 거의 먹지도 마시지도 않고 제작에 몰두해서 고작 사흘 만에 그림을 완성했다.

완성된 그림은 〈밤의 예원〉.

엔쇼는 키요타카와 코마츠를 떠나 혼자 지내던 때 예원 역 부근 노점에서 식사를 했고, 그 김에 밤의 예원 상성을 보러 갔다고 한다. 그림은 그때 본 광경을 각색한 것이라고 한다.

하지만 그것은 결코 현대 경치로 보이지 않고 예전의 낭만을 느끼게 하는 환상적이고 아름다운 그림이었다.

"드디어 소문으로만 듣던 아시야 타이세이와 대면하는구면."

엔쇼는 콧노래를 섞어 말하고 작품이 장식된 쪽으로 얼굴을 돌렸다.

〈태장계 만다라〉(지우 씨 소유)와 〈중국의 거리〉(타카미야 소유) 두 점이 장식되어 있었다.

엔쇼는 발걸음을 우뚝 멈추고 눈을 크게 떴다.

"타카미야 씨가 소유한 중국 거리 그림은 과거의 '장안'을 그린 것이군요. 위에서 내려다본 구도와 불교를 느끼게 하는 장식의 환상적인 아름다움이 훌륭합니다."

키요타카의 설명을 듣고 코마츠는 납득하며 손뼉을 쳤다.

"장안이었구나. 그래서 교토처럼 구획이 정리된 구도였던 거야. 화면 너머로 봐도 좋은 그림이었지만, 실제로 보니 박력이 다르군."

코마츠는 감탄하며 그림으로 다가갔다. 하지만 엔쇼는 우뚝 선 채 움직이려 하지 않았다. 돌아보니 그 얼굴은 창백해져 있었다.

"엔쇼, 왜 그래?"

엔쇼도 이 그림을 앞에 두자 압도된 것일지 모른다.

"이번 일 말인데요, 지 루이가 키쿠카와 시로와 연결돼 있는 것을 안 시점에서 키쿠카와 시로가 있는 곳을 알아내 쳐들어가서 구속하는 것도 가능했습니다. 하지만 바로 그러지 못했던 이유는 두 가지가 있습니다. 하나는 강경 수단으로 나섰다 아오이 씨의 신변에 위험이 미칠지도 모른다는 생각이 들었기 때문입니다. 아오이 씨의 감시가 풀리는 것을 루이 씨에게 확실하게 확인시키고 싶었어요. 그러려면 시로를 '납득시키는 그림'이 필요했습니다. 그리고 또 하나는 저 자신이 확인하고 싶었기 때문입니다."

"확인하고 싶다니, 뭘 말이야?"

코마츠는 그렇게 물으며 키요타카 쪽으로 몸을 돌렸다.

"아시야 타이세이의 진상입니다."

키요타카는 그렇게 말하고 만다라와 장안이 그려진 그림을 본 후 엔쇼의 어깨에 손을 얹었다.

"이 작품은 당신이 그린 거죠?"

코마츠는 "어?" 하고 눈을 부릅떴고 엔쇼는 얼굴을 굳혔다.

"엔쇼, 당신이 아시야 타이세이였어요."

키요타카가 그렇게 이어 말해도 엔쇼는 아무 말도 하지 않았다.

"아니, '당신도' 아시야 타이세이였다고 말하는 편이 정확할까요. 아시야 타이세이는 당신의 아버지였던……."

엔쇼는 아무 말 없이 그저 곤혹스러운 표정을 띠고 있었다.

"아무래도 당신은 아버지가 '아시야 타이세이'라는 이름을 썼던 것을 정말 몰랐던 것 같군요. 그런데 그 이름을 듣고 '웃긴 이름'이라고 했던 건 어째서죠?"

엔쇼는 아시야 타이세이가 화제가 됐을 때 '웃긴 이름'이라고 폄하했다.

엔쇼는 몸을 조금씩 떨면서 주먹을 불끈 쥐었다.

"……아버지의 입버릇이었데이."

"입버릇?"

"그렇다. '언젠가 대성해 아시야에 호화저택을 짓겠다'고. 그래서 '아시야 타이세이(蘆屋大成)'라는 이름을 들었을 때 그런 웃긴 이름의 화가가 있겠느냐고 진심으로 생각했다."

엔쇼는 거기까지 말하고 입에 손을 댔다.

"그랬군요." 하고 키요타카는 납득한듯 팔짱을 끼었다.

"처음에 만다라 그림을 봤을 때는 뭔가가 걸린 정도였습니다만, 이 장안 그림을 한 번 보고 알았습니다. 이건 당신의 작품이 틀림없다고."

키요타카가 감시 카메라 영상을 확인했을 때 격렬하게 동요했던 것은 이 사실을 알았기 때문이었다.

하지만 코마츠는 이해할 수 없는 것이 한 가지 있었다.

"어째서 형씨는 엔쇼의 그림이란 걸 알았던 거지?"

"저는 엔쇼가 그린 그림을 가지고 있습니다."

"엥? 가지고 있어?"

"네. 엔쇼는 전에 제게 그림을 선물했습니다. 지금도 쿠라에 장식되어 있죠. 고색창연한 소주를 그린 작품인데요."

키요타카는 그 그림을 떠올리듯이 눈을 가늘게 뜨고 설명했다.

수로를 중심으로 좌우로 붉은 제등을 단 집들이 늘어서 있다. 수로의 수면은 밝은 햇빛에 빛나고 그 가장자리에는 집배가 정박해 있다. 그림 안쪽에는 아주 작은 배가 있고, 그 배는 돌다리를 빠져나가려고 하고 있었다. 나무들의 녹음에 복숭아꽃. 자세히 보면 앞쪽 광경이 낮이고 안쪽이 밤으로 그려져 있다. 강 앞쪽 수면이 햇빛을 반사하고 있는데 강 안쪽에는 흰 달이 떠 있었기 때문이다.

"그것은 백거이의 시를 모티브로 삼았습니다."

小舫一艘新造了 輕裝梁柱卑安篷
深坊靜岸遊應遍 淺水低橋去盡通
黃柳影籠随棹月 白蘋香起打頭風
慢牽欲傍樓桃泊 借問誰家花最紅

작은 배를 한 척 만들었다.
가볍게 대들보를 세우고 낮은 지붕을 잇는다.
아아, 이제부터 동네 깊숙한 곳이든 조용한 물가든 어디든지 갈 수 있다.
노랗게 싹이 돋은 버드나무의 그림자 속에 장대에 걸려 따라오는 달이 비치고 있다.
하얀 부평초의 향기가 뺨을 때릴 만큼 세차게 부는 바람 속에 감돌고 있다.
천천히 배를 저어 앵두꽃 아래 세우자.
가장 붉게 물든 집은 어느 곳일까.

"위작자를 그만둘 결심을 한 엔쇼가 제게 선물한 그림은 앞으로 느낄 자유를 생각하고 희망에 가슴 벅차 그린 한 점이었습니다. 저는 이 장안 그림을 보고 저희 가게에 있는 소주 그림과 같은 작가가 그린 것, 바로 엔쇼가 그린 것이라고 확신을 가졌습니다."

코마츠는 혼란스러운 머릿속을 정리했다.

즉 아시야 타이세이는 아버지와 아들, 두 명이 존재했다는 뜻이다.

키쿠카와 시로가 지우 씨에게 가져온 〈금강계 만다라〉는 아버지가 그린 것.

지우 씨가 심취한 〈태장계 만다라〉는 아들인 엔쇼가 그린 것이라는 뜻이다.

엔쇼가 과거에 술을 마신 아버지를 대신해 아버지의 화풍으로 그림을 그렸기 때문에 이런 일이 일어났다.

야가시라 세이지의 감정은 틀리지 않았다.

"당신의 아버님이 그린 그림과 당신이 아버님을 대신해 그린 그림은 확실히 비슷합니다. 하지만 내게는 전혀 달라 보입니다."

"……그런가?"

비슷하게 그리는 데에는 자신이 있었으리라.

본심이 아니라는 듯이 묻는 엔쇼에게 키요타카는 "네." 하고 고개를 끄덕였다.

"당신의 아버님이 그린 그림을 앞에 뒀을 때 '좋은 그림'이라고 느꼈습니다. 하지만 당신의 그림을 앞에 두면……."

키요타카는 잠시 걷더니 한 그림 앞에서 걸음을 멈췄다. 그곳에는 엔쇼가 그린 〈밤의 예원〉이 장식되어 있었다.

설마 이 그림이 장식되어 있을 줄은 몰랐는지 엔쇼는 멍하니 눈을 크게 떴다.

"역시 훌륭하네요. 이 그림을 그린 것이 나였다면 좋겠다는 분한 마음에 몸부림칠 것 같습니다. 그런 격한 질투와 선망, 그리고 감동을 주는…… 보는 사람을 압도하는 멋진 재능입니다."

그 말은 키요타카의 임기응변인가 했지만 정말로 어딘가 분해 보였다.

키요타카의 그런 표정을 직접 보자 엔쇼는 그 자리에 무릎을 꿇고 바닥에 이마를 댈 듯이 얼굴을 숙였다.

"……흑."

목소리를 죽였지만 엔쇼는 울고 있었다.

하지만 거기에서 애처로움은 느껴지지 않았다. 새어나오는 오열은 지금까지 보상받지 못했던 자신에 대한 위로처럼 들렸기 때문이다.

전에 키요타카는 키쿠카와 시로에게 누구나 자신의 일이

되면 냉정함을 잃는 법이라고 말했다.

엔쇼도 그랬으리라.

이런 멋진 재능을 가졌으면서 거기에는 눈길도 주지 않고 감정사가 되고 싶다며 엔쇼는 괴로워 몸부림쳤다. 당연하게 가지고 있는 것이기 때문에 자신은 그 가치를 알아차리지 못했는지도 모른다.

지금 엔쇼는 자신이 가진 것의 가치를 깨달았을 것이다. 하지만 화가는 재능이 있어도 보답받지 못하는 경우가 많은 법.

키요타카가 엔쇼에게 그림을 그리게 한 데에는 또 하나의 이유가 있으리라.

지우 씨가 사랑해 마지않는 '아시야 타이세이'가 지금도 존재하고 있다는 것을 가장 효과적으로 미술계에 알릴 수 있기 때문이다.

감정사를 그만둔 엔쇼에게 '당신의 재능을 펼칠 수 있는 세계가 있다'고 한 키요타카의 말은 그야말로 이것이었으리라.

키요타카가 보내는 이별의 선물이었을지도 모른다.

2

전시회 사전 오픈 날.

호텔 텐디의 최상층에는 수많은 손님이 초대되어 있었다.

이번 전시회를 위해 참여한 각국의 감정사를 비롯해 지우 씨와 교류가 있는 재계인도 모여 있었다.

고집스레 얼굴을 보이지 않았던 야가시라 세이지도 진상이 밝혀지자 이 회장에 모습을 보이고 있었다.

"역시 내는 틀리지 않았데이. 내 눈은 멀쩡해!"

부활한 야가시라 세이지는 이전보다 파워업한 것처럼 보였다.

옆에 앉은 타카미야는 미소 지으면서 맞장구를 쳤다.

"다행이네요. 저도 후련해졌습니다."

곁에 있던 야나기하라는 "그렇게 풀이 죽었으면서 말은 잘한다."라며 어깨를 으쓱거렸다.

사전 오픈 회장을 가족에게도 아슬아슬한 시기까지 비밀로 한 것은 그날이 이린의 생일이었기 때문이라고 한다.

지우 씨는 서프라이즈로 큰 생일 케이크를 준비해서 이번 기획을 위해 전 세계를 돌아다니며 분투한 이린을 위로하고 생일을 축하했다.

"감사합니다. 설마 이렇게 축하받다니, 게다가 이런 중요한 자리에서…… 감사합니다."

깜짝 서프라이즈로 축하를 받은 이린에게 사람들은 아낌없이 박수를 보냈다. 사이가 나쁘다는 오빠 슈엔도 무표정하지만 손뼉을 치고 있었다. 코마츠의 눈에는 오빠가 어쩔 수 없이 손뼉을 치는 것처럼 보였지만, 이린은 그래도 오빠에게 박수를 받을 줄은 몰랐으리라. 그 모습이 기뻤는지 이린은 몸에 걸친 새빨간 드레스와 마찬가지로 얼굴을 붉히고 어린아이처럼 울고 있었다.

"뭐야, 생일 축하 받은 것 가지고. 바보 아냐?"

슈엔은 퉁명스럽게 말하고 시선을 돌렸다.

그 말은 본심이 아니라 솔직하지 않을 뿐이라는 마음이 전해져왔다.

이린의 생일을 축하한 후 초대 손님들은 와인이나 샴페인을 한 손에 들고 전시 작품을 보며 돌아다녔다.

주목받는 작품이 몇 점 있었지만 가장 주목받는 작품은 역시 아시야 타이세이의 작품이었다. 특히 신작 〈밤의 예원〉은 한동안 초대 손님들이 그림 앞에 머물러 있었다.

이윽고 황푸강에서 불꽃이 쏘아 올라가자 손님들은 겨우 그림에서 떨어져 창가로 이동했다.

겨우 아시야 타이세이 코너에 사람이 없어지자 키요타카, 코마츠, 엔쇼는 작품을 볼 수 있었다.

그곳에는 엔쇼의 아버지가 그린 〈금강계 만다라〉와 엔쇼가 그린 〈태장계 만다라〉, 〈장안의 거리〉, 〈밤의 예원〉 등 네 점의 그림이 전시되어 있었다.

"역시 훌륭하네요."라고 키요타카는 중얼거렸다.

"여기에 쿠라의 벽에 장식된 소주 그림도 기탁하고 싶을 정도예요."

"그러는 건 어때?"

"그림을 운송하려면 나름대로 시간이 걸린답니다."

"그런 거로군."

"지우 씨에게 부탁하면 순식간에 운송해줄지도 모르겠지만요."

키요타카는 두 만다라를 바라봤다.

한 번은 〈금강계 만다라〉를 위작이라며 거절했던 지우 씨지만, 사실 아시야 타이세이는 부자 두 사람이 존재하고 그 부자가 〈양계 만다라〉를 완성시킨 사실을 알고 여기에 장식하기를 희망했다.

"당신이 〈태장계 만다라〉를 그린 건 약 25년 전 개인전에서 팔린 아버님의 〈금강계 만다라〉가 언젠가 중국으로 건너가 화제가 됐다는 이야기를 들었기 때문이죠? 상하이를 찾은 것도 그 때문 아닌가요?"

그림을 보며 키요타카가 묻자 엔쇼는 "뭐, 그런 거제."라고 대답하며 고개를 끄덕였다.

"돌고 돌아 아버지의 〈금강계 만다라〉를 손에 넣은 중국인이 큰일을 맡겼데이. 불화 몇십 점과 〈태장계 만다라〉를 그려달라는 의뢰였지. 상당한 액수의 선금도 받았고. 하지만 그 무렵의 아버지는 술로 몸이 허약해지는 바람에 손이 떨려서 그림도 못 그리는 상태였다. 항상 내가 대신 그리고 있었지. 작품을 그리기 전에 선금도 들어왔겠다, 한번 중국에 가고 싶다는 생각이 들어서⋯⋯."

그래서 중국에 간 거라는 그의 말에 코마츠는 고개를 끄덕였다.

"맞다. 상하이, 쑤저우, 항저우를 돌아보고 돌아왔다. 그리고 내는 우선 불화를 그렸데이. 마지막으로 이 만다라를 그리게 됐을 때 아버지는 이미 죽고 말았지⋯⋯ 그때 죽음은 치사하다고 진심으로 생각했다."

"치사해요?"

키요타카는 엔쇼 쪽으로 고개를 돌렸다.

"아버지한테는 원망할 말이 산더미처럼 있었다. 그런데 막상 죽으니 눈물이 멈추지 않더라. 뭐든 죽음이 소멸시키듯이 좋은 추억만 떠올랐다. 내는 울면서 이 만다라를 그렸지."

엔쇼는 그렇게 말하고 〈태장계 만다라〉로 시선을 돌렸다.

〈태장계 만다라〉는 수용. 모든 것을 품는 커다란 용서가 느껴졌다.

엔쇼는 이 그림을 그림으로써 아버지의 모든 것을 받아들이고 용서했을지도 모른다.

키요타카는 "그랬군요." 하고 고개를 크게 끄덕였다.

"만다라는 깨달음을 그림으로 나타낸 것이라고 합니다. 이 그림을 그림으로써 당신도 깨달음에 가까운 감각을 얻은 것은 아닌가요?"

"맞다. 이상한 감각이 됐다."

"당신이 위작자를 그만둔 후 절에 들어가려 했던 이유 중 하나였던 것 아닙니까?"

키요타카의 질문을 듣고 코마츠는 깜짝 놀랐다.

그렇구나. 엔쇼가 출가한 데는 불문에 귀의해 지금까지 지은 죄를 씻고 싶은 것도 있었겠지만, 〈태장계 만다라〉를 그림으로써 부처의 세계에 매료된 것도 있으리라.

엔쇼는 "글쎄?" 하고 어깨를 으쓱거렸다.

아마도 적중한 듯했다.

코마츠는 "그건 그렇고." 하고 얼굴을 굳혔다.

"엔쇼가 아버지의 필명을 몰랐을 줄이야. 그런 게 가능해?"

"……필명이라니. 회화는 아호라고 한다. 아버지의 이름은 스가와라 잇세이인데, 보통 이름을 그대로 쓴다고 생각하지 않나? 돈이 들어오는 계좌의 이름도 본명 그대로였고."

"어째서 아버님은 네게 아호를 안 가르쳐주셨지?"

"아마 아버지도 '아시야 타이세이'를 아호로 삼은 것을 내게 말하기가 부끄럽지 않았겠나? 조금도 대성하지 못했고."

엔쇼는 쌀쌀맞게 말하고 와인을 입으로 가져갔다.

"축하한데이, 엔쇼."

그런 대화를 나누고 있는데, 뒤에서 야나기하라의 목소리가 들려서 엔쇼는 튕겨나가듯이 고개를 돌렸다.

"선생님……."

"드디어 결심해줘서 내도 기쁘다. 니가 빈 시간에 그림을 그리는 걸 볼 때마다 내는 빨리 그쪽 길로 나갔으면 좋겠다고 생각했데이. 하지만 니는 '화가는 실력과 상관없는 영문 모를 세계라서 무리입니다'라는 말만 하며 고집을 부려대서……."

그 말은 코마츠도 들은 적이 있었다.

아버지가 고생하던 것을 봐왔기 때문에 자신에게 화가는 무리라고 주입해왔으리라.

"죄송합니다." 하고 엔쇼는 머리를 숙였다.

사과할 일은 아이다, 라며 야나기하라는 웃고 그림으로 시선을 돌렸다.

"참말로 멋진 작품이데이."

엔쇼는 부끄러운 듯이 "감사합니다."라고 작은 목소리로 대답했다.

"이제부터는 아시야 타이세이로서 열심히 하는 거겠제?"

그렇게 물은 야나기하라에게 엔쇼는 "아니요."라며 고개를 저었다.

"……확실히 이번 일로 앞으로 그림을 그리자고 생각했지만 '아시야 타이세이'의 이름을 쓸 생각은 없습니다."

코마츠는 놀라서 "어째서?" 하고 자신도 모르게 앞으로 나섰다.

"그 이름은 아버지 거데이. 이제부터 그림을 그릴 거라면 내 이름으로 내 작품을 그리고 싶다."

"그럼 본명, 스가와라 신야의 이름으로 활동한다는 거야?"

엔쇼는 가만히 고개를 젓고 창밖으로 눈길을 돌렸다.

"……내한테는 훌륭한 주지 스님이 붙여준 좋은 이름이 있다 아이가. 이래 봬도 꽤나 마음에 든다."

그는 한 번 출가했을 때 주지 스님에게 '엔쇼'라는 이름을 받았다. 그때 이런 말을 들었다고 한다.

'엔쇼. 이제부터는 둥글게 살아가는 거다.'라고.

펑, 하고 쏘아 올라가는 불꽃은 원을 그리고 있었다.

"마음은 알겠지만 모처럼 아시야 타이세이의 이름이 알려졌는데……."

키요타카가 앞으로의 엔쇼를 생각해 준비한 것을 아는 코마츠는 아깝다며 어깨를 늘어뜨렸다.

"당신이 작품을 계속 그리는 이상 어떤 이름으로 그리든 바로 그 이름은 알려지게 될 겁니다. 한 번 당신의 그림에 마음을 빼앗긴 사람은 무슨 일이 있어도 당신의 작품을 찾으려고 할 테니까요."

키요타카는 빙긋이 웃었다.

실제로 지우 씨는 아시야 타이세이(엔쇼)의 작품을 필사적으로 찾고 있었다.

그럴 거라며 야나기하라도 고개를 끄덕였다.

그 후 지우 씨와 야가시라 세이지도 합류해서 엔쇼의 그림을 앞에 두고 열띤 감상을 나눴다.

엔쇼는 멋쩍은지 줄곧 있기가 불편해 보였다.

"칭찬 세례도 고역이겠어."

코마츠가 놀리듯이 말하자 엔쇼가 힐끗 쳐다봤다.

그 박력에 코마츠는 쩔쩔매며 미안, 하고 웃었다.

"귀국하면 바로 작품 제작에 들어가는 건가?"

"글쎄. 일단 아버지 산소에 다녀오려고 한다."

엔쇼는 부끄러운지 작은 목소리로 대답했다.

하지만 그 말이 한 걸음 앞에 있던 키요타카에게 들렸는지 싱긋 웃으며 고개를 돌렸다.

"그거 좋네요. 유키 씨에게 안부 전해주세요."

엔쇼는 깜짝 놀란 듯이 눈을 크게 떴다.

"뭐? 내는 유키를 만난다는 말은 한마디도 안 했다."

"그거 실례했습니다. 모처럼 고향에 돌아가니까 어쩌면 만나러 갈 수도 있을 것 같아서요."

"그기 뭐고."

아무래도 정곡을 찔렸는지 엔쇼는 "하여간에 참말로 열받는다."라고 투덜대며 등을 돌렸다.

"그건 그렇고 형씨도 엔쇼도 대단해. 이렇게 대단한 두 사람이 내 사무소에 있어줬다고 생각하니 황송할 지경이야."

코마츠는 진지하게 중얼거리며 와인을 입으로 가져갔다.

"무슨 말씀을 하시는 겁니까, 코마츠 씨. 정말로 사람은 자신의 일이 되면 냉정함을 잃는 법인가 보네요. 그러는 당신이야말로 대단합니다."

"엥? 내가?"

"이번 사건의 모든 일은 당신의 기술이 있었기 때문에 해결할 수 있었습니다. 정말 감사하고 있습니다. 고맙습니다."

키요타카가 머리를 숙이자 "아니, 나는 딱히……." 하고 코마츠는 눈을 이리저리 움직였다.

키쿠카와 시로에게 전화가 걸려왔을 때 역탐지를 하거나 아이리의 과거를 조사하거나 호텔 보안을 조사한 것을 말하는 것이리라.

그런 짓을 하지 않아도 키요타카는 키쿠카와 시로의 도청을 알아차렸을 듯해서 코마츠는 그다지 도움이 된 것 같지 않았다. 하지만 감사 인사를 들으니 나쁜 기분은 들지 않았다.

키요타카는 와인을 다 마시고 "그럼." 하고 얼굴을 들었다.

"죄송하지만 저는 여기서 실례하겠습니다."

"엉? 어디 가는데?"

"역시 아오이 씨의 얼굴을 볼 때까지 안심할 수 없어서 오늘 밤 마지막 비행기로 뉴욕에 갑니다."

"뭐라고?! 지금부터 뉴욕까지 가는 거야?"

"네, 멋대로 만나러 가서 혼나지 않을까 불안하기는 하지만. 그럼, 조금 떨어진 곳에서 지켜볼까 해서요."

키요타카는 그게 무서운지 풀이 죽은 표정을 보였다.

아오이의 신변을 걱정해 모든 것을 버릴 각오로 분투했던 키요타카지만, 그 사실을 아오이에게 알릴 마음은 없는 듯했다.

아오이에게 가르쳐주고 싶다고 진심으로 생각했다. 이 키요타카라는 남자가 아오이를 위해서 엔쇼에게 머리까지 숙였다는 것을. 그때 엔쇼도 말했지만, 키요타카에게 그것은 가장 하고 싶지 않은 행동이었으리라.

문득 코마츠의 머릿속에 키요타카의 목소리가 스쳐 지나갔다.

'무엇보다 제가 귀의할 곳은 아름다운 것, 예술입니다.'

코마츠는 고개를 돌려 엔쇼의 작품을 봤다.

그렇구나, 하고 벼락에 맞은 듯한 감각이 들었다.

키요타카가 엔쇼에게 머리를 숙인 것은 물론 아오이를 위해서였으리라. 하지만 그뿐만이 아니었다. 이 예술을 세상에 내보내기 위해서였던 것이다. 그러기 위해서 자신의 자존심을 버리는 것도 마다하지 않았다. 아니, 반대로 자존심 때문이었을지도 모른다.

어느 쪽이든 사랑하는 예술을 위해서라면 뭐든 할 것 같다고 생각한 코마츠의 직감은 틀리지 않았다는 뜻이다.

"정말 형씨답구려."

코마츠는 감탄을 넘어 반쯤 질린 듯이 중얼거렸다.

그 옆에서 엔쇼는 쿡쿡 웃고 있있다.

"지금부터 뉴욕이라. 그거 좋제. 아오이 씨한테 안부 전해주래이."

네, 하고 키요타카는 고개를 끄덕였다.

"당신이 새로운 길을 걷기 시작한 것을 아오이 씨에게 전하려고 합니다."

"그런 건 됐다."

엔쇼는 곤란한 듯이 눈길을 피했다.

키요타카는 "사진도 잘 찍었습니다."라며 스마트폰을 내밀었다. 그곳에는 〈밤의 예원〉이 찍혀 있었다.

"아오이 씨가 이 그림을 보면 분명 감격할 겁니다. 저 여성의 실루엣은 아오이 씨죠?"

엔쇼는 입을 꾹 다물었다.

"어? 저거 아가씨였어?"

〈밤의 예원〉의 그림에는 여성의 실루엣이 그려져 있다.

코마츠는 중화 후궁의 궁녀를 이미지로 해서 그린 것이라고 생각했다.

"어디를 어떻게 봐도 아오이 씨 아닙니까. 옆얼굴도 그대로예요."

"옆얼굴이라고 해봐야 실루엣인데. 자신이라고는 생각하지 않을 것 같은데?"

코마츠는 그렇게 말하면서 그림으로 시선을 돌렸다.

"자신이라고 생각할지 안 할지는 모르겠습니다만, 그림에 담긴 마음은 설명하지 않아도 전해지는 법입니다."

"담긴 마음?" 하고 코마츠는 고개를 갸웃거렸다.

"예원 그림에 적힌 한시, 양주사는 '그 사람들은 이제 곧 전장으로 가니까 도가 지나쳐도 용서해주고 싶다'며 병사를 불쌍히 여기고 위로하는 시라고 하는데, 이렇게도 받아들일 수 있습니다. '반드시 무사히 돌아오기를 바란다'고."

엔쇼는 아오이의 무사를 바라며 이 작품을 완성했을지도 모른다.

엔쇼는 아무 말 없이 작게 웃고 있었다. 이미 모든 것을 꿰뚫어보는 키요타카를 앞에 두고 항복하는 기색이다.

"그러면 다녀오겠습니다."

키요타카는 산뜻한 표정으로 한 손을 들고 모두에게 등을 돌린 후 당당하게 걷기 시작했다.

창밖에는 지금도 불꽃이 쏘아 올라가고 있었다.

그것은 마치 각자의 출발을 축복하고 있는 듯했다.

작가의 말

항상 애독해주셔서 감사합니다, 모치즈키 마이입니다.

2019년에는 인연이 닿아서 상하이와 뉴욕에 갈 수 있었습니다.

두 곳 다 정말 멋있어서 작품에 꼭 넣고 싶은 마음에 키요타카는 상하이로 가고, 아오이는 뉴욕으로 가는 전개를 생각했습니다. 이번 권은 키요타카의 상하이 편, 다음 권은 아오이의 뉴욕 편을 전해드립니다.

그렇기 때문에 이번 권에서 아오이가 등장하는 장면은 거의 없지만 다음 권에서는 잔뜩 등장하니 잘 부탁드립니다.

지금까지도 교토 밖으로 조르르 나갔던 홈즈입니다만, 이번에는 일본을 넘어 상하이로 갑니다.

제가 상하이에서 느낀 매력을 전해드리고 싶어서 이것저것 잔뜩 적었습니다. 이래서는 기행문이 아닌가 하는 망설임도 들었지만, 그것이 본 작품의 색깔일지도 모른다며 마음을 고쳐먹고 진행했습니다. 또한 이번 작품은 상하이가 무대라서 한시나 불교를 넣어 중국다운 색채가 배어나오도록 신경썼습니다.

읽어주신 분들께서 조금이라도 상하이를 가상 체험하셨다면 기쁘겠습니다.

이번 권에서는 의문의 작가나 야가시라 세이지의 진상, 키쿠카와 시로의 역습, 아오이의 위기, 드디어 엔쇼의 폭발 등 지금까지와는 다른 전개가 펼쳐져서 저도 '괜찮을까?' 하고 조마조마해하면서 썼습니다.

키요타카가 작중에서 말했듯이 픽션의 엔터테인먼트로 구분해서 즐겨주시면 행복하겠습니다.

참, 서장에서 아키히토 일행이 간 쿠루마자키 신사에 저도 울타리를 봉납했습니다.

2019년 가을부터 2년 동안 장식해주신다고 하셨으니 만약 괜찮다면 참배할 때 찾아봐주시면 기쁘겠습니다.

이번 권도 이 자리를 빌려 감사 인사를 드리겠습니다.

저와 본 작품을 둘러싼 인연에 진심으로 감사 인사를 드립니다.

정말 감사합니다.

모치즈키 마이

교토탐정 홈즈 13 ~아름다운 상하이루~

2021년 4월 26일 1판 1쇄 발행

원 작	모치즈키 마이
일 러 스 트	야마우치시즈
옮 긴 이	신동민
발 행 인	유재옥
본 부 장	조병권
담 당 편 집	성명신
편 집 1 팀	이준환 박소연
편 집 2 팀	정영길 김민지 조찬희
편 집 3 팀	오준영 곽혜민 김혜주
편 집 4 팀	성명신
디 자 인	김보라 서정원
라 이 츠	김슬비 한주원
디 지 털	박상섭 이성호 최서윤 정현희
발 행 처	(주)소미미디어
등 록	제2015-000008호
주 소	서울시 마포구 토정로 222, 403호(신수동, 한국출판콘텐츠센터)
판 매	(주)소미미디어
제 작 처	코리아피앤피
마 케 팅	한민지 이주희
물 류	허석용 백철기
전 화	편집부 (070)4245-5505, (070)4167-3960 기획실 (02)567-3388
	판매 및 마케팅 (070)4165-6888, Fax (02)322-7665

ISBN 979-11-6611-859-3 04830
ISBN 979-11-6190-606-5 (세트)